Zum Inhalt Blut & Gaisburger Marsch

Hauptkommissar Jason Mueller wird beurlaubt von Schirmer, dem Polizeipräsident, da er einen Täter beim Verhör geschlagen hat, um aus ihm das Versteckt des Entführungsopfer Udo Kölbl herauszupressen. Die Presse ist scharf auf die Story. Jason ermittelt weiter, da Herr Kölbl ihn privat anstellt. Zur selbem Zeit geht eine Bombe vor der Synagoge hoch, mehrere Tankstellen werden brutal ausgeraubt, Jason sieht hier im Fall Synagoge und der Raubüberfälle Zusammenhänge. Der Entführer Schiller entkommt der Polizei, nimmt den Kommissar Franz Kirsch als Geisel. Es stellt sich heraus, dass Schiller auch beim Ku-Klux-Klan ist. Und er auf dem Campingplatz am Neckar bei einer Party anwesend war. Der Metzger Kübler landet tot am Flussufer. Der Fall zieht weite Kreise. Jason kommt unter Druck, muss sich der Inneren Revision stellen, Kollegen von der Polizei Heilbronn. Als Franz Kirsch freikommt, nach einer Geldübergabe, sieht er rot, er will sich rächen und Schiller töten. Kann Jason dies verhindern?

Personen Biografie:

Jason Mueller Kripo Stuttgart

Schirmer Polizei Präsident

Moshe Friedman Mossad

Bill Hedda Agent

Fritz Bauer BKA

Luc Bosch BKA

Heidi Bekannte von Jason

Gise Moderatorin

30 Ulf Schiller Entführung Täter

Stadelheim Nazi

Roger Weber Soldat Nazi

Ernst der Rothaarige BW Soldat Nazi

Saleh Partner von Jason Detektei Sam Spade

Naomi dasselbige Partnerin

Krakow Russen Mafia

Smirnoff Russen Mafia

Toro The Hang Man

Mendez Mexiko Kartell

40 Pippo Basten Mexiko Kartell

Franz Kirsch Hauptkommissar

Hahn Siebenmühlen Tal

Ronja Dumas hilft Schiller das entführte Kind zu betreuen

Rita Schober dasselbige

1

Der Polizeipräsident zögerte nicht, fackelte nicht lang, Jason Mueller war verärgert, eine Gardinen Predigt im Büro des Alten.

„Junge, du hast ihn gefoltert."

50 „Ohne das führt er uns nicht zu der Leiche, Chef."

„Leider hat die Presse das Ding herausgefunden. Der Innenminister hat angerufen."

„Sorry, er nervte mich, mit seinem Schweigen."

„Du bist beurlaubt. Ich muss handeln, ich will nicht meinen Job verlieren. Tut mir leid um dich, du bist ein guter Bulle, Junge. Du hattest eine große Zukunft bei uns. Pack deine Sache, gebe deine Knarre in der Waffenkammer ab."

Jason stand auf, ging zu seinem Büro, füllte einen Karton, mit privaten Sachen, den Bildern von seiner Stammtischmannschaft, 60 seinen Frauen, Mätressen, Liebschaften, das Foto von den Beatles. Er wanderte zum Lager, gab seine Walther ab, die Reserve Magazine. Der Fisch war gegessen.

2

Der Fall Kölbl, der Bankier, der Sohn wurde entführt, da begann der Schlamassel für Jason Mueller, eine unangenehme Aufgabe, jetzt die Bombe vor der Synagoge, zwei Tote, er fuhr hin, obgleich er suspendiert war, Stadtmitte, es regnete, er parkte, zog seinen US Armee Parka über die Arme und Schultern, der Joint von Thomas, seinem Dealer gedreht, den 70 dampfte er zu Ende. Er stieg aus, ging hinüber, einige Streifenwagen standen da, Notarztwagen, Sani Fahrzeuge, Franz Kirsch, sein Kollege, leitete die Ermittlung. Beide waren im Polizei Sportverein, Abteilung Boxen.

„Na, Jason. Was willst du hier? Bist du nicht in Rente?"

„Urlaub mehr oder weniger, ich bin unterbeschäftigt."

„Ich kann dir nicht helfen."

„Wer sind die Toten?"

„Unmöglich hier am Tatort zu identifizieren, Amigo."

Die Särge standen auf dem Asphalt. Mit den Leichenresten.

80 „Gewinnt der VFB gegen St. Pauli."

„Nach Adam Riese schon. Die Mannschaft ist jung und talentiert."

„Der Mario Gomez wird es richten."

„Okay, sobald du was weißt, rufe mich an."

„Du wurdest aus dem Verkehr gezogen."

„Ich arbeite auf privater Basis, der Rabbi hat mich angerufen. Er kennt mich gut."

„Lüg mich nicht an."

„Alter, ich bin Jude."

90 „Oh, wusste ich nicht."

„Schalom."

Jason ging hinein, der Rabbi Maier war erschüttert, er saß auf einer der Bänke, neben ihm Gläubige, die weinten, jammerten, um Abbitte flehten, die Täter wussten Bescheid, über die Betstunden, die Abläufe. Scheiß Rassismus.

„Du musst die finden, Jason."

„Ich werde hartnäckig sein, ohne Pardon sie verfolgen, bis ans Ende meiner Tage."

„Auf die Polizei ist kein Verlass."

100 „Stimmt, die rechte Szene wird verharmlost von den Politikern."

„Durch unsere Geschichte sind wir Kummer gewohnt. Seit dem Auszug aus Ägypten in das gelobte Land."

Jason sauste davon, er fuhr zur Altstadt, beim Bolzplatz kaufte er Cannabis, von Thomas, 15 Euro, drei Gerollte, Dont Bogart that Joint, pass it over to me, roll me another one, war mal ein Hit, in den Sixties, Fraternité of Men, Woodstock, Geruch von Kuhmist, Pisse und Gras, Oben Ohne, Anti Baby Pille, ein Milliarden Geschäft, mit der Liebe, Love & Peace.

110 Und jetzt darfst du davon träumen. Von den bösen alten Zeiten.

2

Einige sagten makaber, die Juden hätten selbst die Bombe gezündet, da sie mehr Geld von uns wollen, andere meinten, es waren die Moslems, der IS, der Clou war, die Mafia wurde bezichtigt, der Corleone Klan, und sogar einen Opa verhafteten die Kollegen, der in der Nähe der Synagoge auf einem Gehwagen saß, Bild war mit dabei: „Ex SS Offizier jagt jüdischen Tempel in die Luft", Jason suchte die Gegend der Synagoge ab, wühlte in Mülleimer und Papierkörben, warf einen Blick auf

120 verdächtige Autos, er fand eine Pistole, er tütete die ein, er er dokumentierte alles mit dem Foto Apparat, so konnte er später checken, ob er was übersehen hatte, ein winziges Detail konnte einem auf die Sprünge helfen. Er fuhr mit dem Jaguar E zurück, zum Heusteigviertel, eine alte Kiste, er hörte den Polizeifunk an, in der Nacht Alarm, Überfall auf eine Tankstelle in Vaihingen, im Gewerbegebiet, Roger fuhr in Richtung Flughafen, der Kassierer war tot, heavy, Metall. hard core, ein Aufgebot an Polizisten, Willy Cohn von der Bild, die Nachteule war da.

130 „Wird wie L.A. hier, Jason."

„Lebe schnell, sterbe früh."

„James Dean."

„Erst der Schwert Killer, dann die Synagoge und jetzt die T-Tankstelle."

„Solange es Rostbraten, Trollinger & Maultaschen gibt, ist alles in Ordnung."

Am Morgen fuhr Jason zum Labor, er kannte Willy Bändel gut, sie redeten über Jasons unfreiwilligen Urlaub und den VFB. Und über das Brauhaus von Schönbach, das Treffen der Bullen in dem 140 Lokal war mies gelaufen, da das Essen nicht vom Feinsten war, auf Willys Salat Pute waren nur drei Stücke Fleisch. Bei Jason waren die Maultaschen Brühe versalzen. Der Geschäftsführer tauchte nicht auf, trotz höflicher Reklamation.

Zwei Tage später ein Überfall auf die OMV Tanke am Flughafen, Gerüchte kamen auf, die RAF sei es gewesen, es gäbe eine neue Rote Armee Fraktion, die einen sagten, die Täter trugen Frauenkleider und Perücken, einig waren sich die Zeugen wegen den großen gelben Sonnenbrille, ein Zeuge redete von einem Elvis Presley Kostüm, Witz komm raus, du bist umzüngelt, die 150 Spur führte Richtung Reutlingen, Metzingen, in diesem Fall, da eine Streife einen verlassenen Wagen fand, an der B27, Willy verglich die Abdrücke der Knarre, mit den Funden der Kollegen. Bingo. Eine Übereinstimmung. Jason fuhr nach Metzingen, schnüffelte ihm Boss Outlet herum, checkte Hotels, seinen Dienstausweis hatte er nicht abgegeben.

„Da war ein Paar, zwei Männer, einer trug ein blaues Kleid und High Heels." , sagte die Frau an der Rezeption.

„Wie sahen die aus?"

„Mittelgroß, kurze Haare, der eine hatte eine Augenklappe."

160 „Okay, danke,"

Jason ging in das Restaurant, bestellte Leber Berliner Art und ein Kristall Weizen

Im Schwanen war das Essen auch schon besser. Die Fleisch Portion mickrig. Braune Soße ohne Geschmack. Der Kartoffelbrei schmeckte. Manche Wirte hatten es nicht nötig. Die Schwaben meckern immer. Danach kaufte er eine Levis Jeans und ein T-Shirt von Hilfiger. „Die Tunten Bestien Tankstellen Räuber", titelte die Bild, nach dem Überfall auf die Aral Tankstelle, Vaihingen, Hauptstraße, die Polizei war unter Druck, die Sache
170 lief aus dem Ruder, ein Fahrzeug wurde an der Panzer Straße gefunden, Jason war der erste, seinem Instinkt folgend drehte er ein Runde, im Wald fand er Perücken und Frauenkleider, das war Pech für die Räuber, rein in die Tüte, Bullen rückten an, Streifenwagen, Blaulicht, Spusi war mit dabei, Franz Kirsch stieg aus dem roten alten Opel Kapitän, sein Privat Auto.

„Was machst du hier?"

„Ich war wandern, Herr Kollege."

Ich gab ihm die Tüte.

„Du warst fleißig. Und was hast du noch?"

180 „Einer läuft in normalen Kleidern rum, der andere bevorzugt Kleider, sie übernachteten im Gasthof Schwanen Metzingen. Sie sind aufgefallen. Beide mittelgroß sagte die Dame am Empfang."

„Immerhin etwas. Die kauften im Outlet Anzüge. Und was machst du jetzt?"

„Ich fahre zurück, geh ins Leuze."

„Viel Spaß."

Jason stieg in seine Karre, brauste zur Autobahn, Vaihinger Kreuz, über den Westen in die Stadt, seine Nase sagte ihm:

„Die beiden waren Terroristen, der Tankstellen Fall hing mit
190 der Bombe zusammen". Zwiesprache, beim Fahren war sein Gehirn folgsam, kreativ, munter.

Im Bad traf er Salah, der arbeitslos war. In der Sauna.

„Und bist du noch Kaufhaus Detektiv."

„Nö, bin rausgeflogen, blöd gelaufen."

Er hatte den schwarzen Gürtel in Karate, er war ein Schwergewicht. Glatze, bulliger Typ, der sich nichts gefallen ließ. Gut, er war schon im Knast: Brandstiftung und Versicherungsbetrug, er hatte seine Disco in Brand gesteckt, als es bergabging.

200 „Ich eröffne ein Detektiv Büro. Kannst mein Partner werden."

„Klasse, dann komme ich wieder auf die Beine."

„Komm morgen zu meiner Bude im Heusteigviertel. Ich werde ein Büro dort mieten. Sam Spade Detektei."

„Okay, bis dann."

Er ging raus, sprang ins kühle Nass, zur Abhärtung. In seiner Wohnung war jemand, er zog die Spritze, 52er, die hatte eine gehörige Durchschlagskraft, es war Franz Kirsch, verdammt, was wollte er?

„Die Familie Kölbl will nur mit dir reden."

210 „Das ist eine Straftat, Franze."

„Ich heiße Franz."

„Schirmer, der Polizeipräsident, hat mich kaltgestellt, Franze."

„Franz, Franz Kirsch."

„Jetzt verpiss dich, Alter."

„Wir treffen uns an der Villa der Kölbls. Okay?"

„Wo?"

„Beim Fernsehturm, wo die Mercedes Benz Bosse wohnen."

„In Degerloch."

220 „Ja, wir dürfen keine Zeit verlieren, um den Jungen zu finden."

„Wenn du mich fragst, ist der längst tot."

„We see, Dude."

„Ich bin nicht der Dude von Big Lebowski."

„Dann bist du der Duder oder seine Dudeheit."

Er zog Leine, Jason ging zum Griechen, Heidi bediente, ihr Verhältnis war locker vom Hocker, er nahm Gyros und den Vorspeisen Teller, Weißbier, später wartete auf sie, nachdem sie Feierabend hatten, gingen sie zu seiner Wohnung. Sie blieb
230 über Nacht.

3

Am Morgen hatte er einen Kater, sie kochte Kaffee, kolumbianischen, Heidi war schon beim Bäcker, besorgte Brezeln, Wecken, er liebte Orangen Marmelade. Ausgiebiges Frühstück.

„Jason, wann heiraten wir?"

„In zwei Monaten habe ich Urlaub."

„Und?"

„Wir fliegen nach Las Vegas, übernachten im MGM. Zimmer sind
240 nicht teuer, die machen ihr Geld mit dem Glückspiel."

Sie küsste ihn, strich ihm noch ein dunkles Roggen Brötchen. Mit Mett und Zwiebel. Er löste eine Aspirin C im Evian Wasser auf. Sie öffnete die Jalousie. Die Sonne warf helles Licht in den Raum. Es klingelte, Jason öffnete, es war Franz Kirsch und Schirmer, die Top Bullen.

„Wusste gar nicht, dass du eine Frau hast.“, knurrte Schirmer.

„Setzt euch, greift zu.“

Jason ging zum Balkon, steckte eine Gouloise an, filterlose, ihm gingen die beiden auf den Sack. Heidi umarmte und küsste
250 ihn, nachdem sie Kaffee für die Gäste serviert hatte. Das Trio fuhr nach Degerloch an die Front. Parken und Klingeln.

Herr Kölbl öffnete, rein in die Bibliothek, über Marmor Fliesen hinweg, die Regale vollgestopft mit Büchern, teure chinesische Vasen als Dekoration, und Art Déco Möbel.

„Ich wollte Jason Mueller sprechen.“

„Deswegen sind wir hier.“

„Alleine, meine Herren, verlassen Sie mein Haus.“

Sie gingen raus, kopfschüttelnd.

„Herr Mueller, ich möchte, dass Sie weiter ermitteln.“

260 „Mach ich, aber das ist kostspielig.“

„Hier haben Sie eine Kreditkarte, Sie können zehntausend pro Monat abheben. Suchen Sie meinen Sohn.“

„Das werde ich tun, versprechen kann ich nichts.“

„Bestehen noch Chancen?“

„Auf jeden Fall. Ich hege Hoffnungen, den Fall zu lösen.“

Jason steckte die Karte in seine Geldbörse.

„Halten Sie mich auf dem Laufenden.“, warf Kölbl ein.

„Klar, das werde ich tun.“

Jason verabschiedete sich, wackelte hinaus, seine Kollegen
270 waren angefressen, sie starrten ihn an, standen beim Auto.

„Was gibt es für Geheimnisse?", fragte Schirmer.

„Alles vertraulich."

„Du bist angestellt bei der Polizei."

„Ich kann kündigen, wenn du das willst."

„So war es nicht gemeint, Franz braucht alle Informationen von dir."

„Sorry, es gibt keine Neuigkeiten, meine Herren."

„Du bist für deine eigenwillige Kapriolen bekannt."

„Wer von euch hat mit der Presse geredet?"

280 Sie schwiegen stiegen ein, rasten davon, über die Steige hinab, in den Tal Kessel. Ruhe, kein Wort fiel, alles würde mal explodieren. Sie verstanden sich nicht mehr, wie früher, eine neue Zeit war angebrochen. Auch bei der Polizei war es jetzt härter im Dienst und Einsätze gefährlicher geworden, wie früher, sie setzten Jason am Charlottenplatz ab. Saleh wartete, sie gingen zum Brunnenwirt. Linsen mit Spätzle, geräuchertem Bauchspeck, Saiten Würste. Essig und Senf, schwäbisch sauer. Halbe Bier. Der Kellner und die Köchin gehörtem zum Inventar. Saleh sah Jason an.

290 „Ich habe nachgedacht, Officer. Wir müssen die Wohnung vom Entführe uns nochmal vornehmen."

„Gute Idee. Morgen früh, geht die Post ab. Du musst dir im Klaren sein, es ist kein Tatort Krimi."

„Ich schau diese langweiligen Film nicht an."

„Waren früher besser, Schimanski, Götz George."

„Der Dortmunder geht noch. Die Story ist todgeleiert."

„Aber die Einschalt-Quoten stimmen. Der Münster Shit, der spielt den Pathologen zu aufgesetzt. Komödien muss man todernst spielen."

300 „Aber hat eine hohe Quote, Officer. Noch zwei Halbe bitte."

Sie saßen im Raucherzimmer, der Kellner flitzte hinaus, brachte den Alkohol. Hopfen und Malz Gott Erhalts. Jetzt noch eine Zigarre, und Charles Bukowski Sex.

4

Am nächsten Tag fuhren Jason und Saleh zur Ulf Schillers Wohnung, im Westen, Nähe Feuersee, Rote Kapelle, Jason entfernte das Siegel, die Tür im dritten Stock zu öffnen, war kein Problem, während sie die Wohnung durchsuchten, verhörte Franz Kirsch Ulf in Stammheim, Schirmer war mit dabei,
310 obgleich es nicht sein Job war, ihm ging die Muffe eins zu tausend, der Innenminister war an seinem Arsch. Die Presse ließ nicht locker, wegen der Folter Episode, Jason war das Bauernopfer.

„Schau dir das an."

Saleh zeigte Jason einen College Block, mit Zeichnungen, der Name Kölbl und die Degerlocher Adresse standen auf einer Seite.

„Sieht aus wie in einer Gartenanlage, soll das ein Brunnen sein?", versetzte Saleh.

320 „Ja, das Versteck, aber wo ist es?"

„Er hat seinen Entführungsplan minutiös ausgearbeitet. Detail für Detail. Schritt für Schritt."

„Immerhin Hinweise, blöde, dass wir den Entwurf nicht gefunden haben."

„Wir sollten Campingplätze und Gartenanlagen untersuchen."

„Kann auch in einem Wald sein. Ich denke, nicht so weit weg von der Kölbl Villa."

„Okay, pack den Tiger in den Tank, wir greifen es an."

Sie verschlossen die Tür, klebten das Siegel auf das Schloss, 330 zischten ab, sie fuhren zum Fernsehturm hoch, stellten den Jaguar E ab, ein Oldtimer, sie durchsuchten eine Gartenanlage, Gewehr bei Fuß, nein, sie brauchten keine Waffen, ihnen konnte der Instinkt helfen, der Riechkolben, sie studierten die Skizzen des Täters, schauten sich um, das war wie die Nadel im Heuhaufen suchen, der Anruf, Schirmer war dran, sie fuhren zum Waldfriedhof, ein hohes Aufkommen an Streifenwagen.

„Was ist passiert?", fragte Jason.

„Schiller ist entkommen."

„Wie?"

340 „Er hatte plötzliche eine Pistole in der Hand, kickte mich raus. Und zielte auf Franz, der am Steuer saß. Sie brausten davon. Unsere Verfolgung lief ins Leere."

„Was wolltet ihr hier mit ihm?"

„Er sagte, er würde uns zum Versteck von Rudy führen.

„Ihr seid Anfänger."

„Zielfahndung Alarm ist ausgelöst, wir erwischen ihn."

„Was erwartest du von mir?"

„Du musst uns helfen."

„Das kostet, Schirmer."

350 „Ich werde das verrechnen mit meinem Account Sonderausgaben."

„Hoffentlich."

„Du musst Franz aus der Scheiße hauen."

„Für die Schmutzarbeit bin ich gut genug."

„Niemand sagt, du sollst Schiller töten."

Er lächelte.

„Wenn es nicht anders geht, mach ihn fertig. Dann hat die arm Seel ruh."

Saleh und Jason gingen zum Auto, sie stiegen ein, wo könnte der Gangster stecken? Was für eine Kacke war da am Laufen?

360 Ulf Schiller war fast zwei Meter groß, kräftig gebaut, ein Muskelpaket, Geheimratsecken, hohe Stirn, alles stand Spitz auf Knopf.

„Schiller hat vielleicht Partner."

„Das Geld ist in den Untergrund gesickert. Man muss die einschlägigen Kneipen besuchen. Es redet immer jemand."

„Welche?"

„Leonards Hof. Heidis Bar. Schwarz-Weiß Bar."

„Franz ist bestimmt schon tot."

„Möglich, der Mann ist skrupellos und eiskalt. Oder er lässt
370 ihn leben, als Pfand. Wir fahren zum Campingplatz am Neckar."

Kuppeln, Gang rein, Gas geben. Saleh war ein guter Fahrer. Der Motor summte, trotz der vielen Kilometer, die der Tacho anzeigte. Am Anschlag die Nadel.

Es blitzte in der Unterführung vor dem Breuninger Kaufhaus, Bingo. Der Strafzettel würde teuer sein, da Jason noch telefonierte. Schirmer war dran, Schiller verlangt Geld für Franz, immerhin war es billiger, als für den Sohn von Kölbl. Zweihunderttausend. Ein BMW als Fluchtwagen, ein Flugzeug auf dem Flughafen in Bereitschaft. Schirmer fluchte. Das Handy war nicht zu orten, vermutlich ausgetauscht und samt Sim Karte zerstört, zu viel lief schief.

Dem Chef des Campingplatzes war nichts aufgefallen, sie drehten eine Runde. Das Fahndungsfoto von Schiller in der Hand. Ein Frau erkannte ihn.

„Ja, der war da."

„Vor drei Monaten."

„Wo genau?"

„Drüben bei einer Party. Grill Abend."

„Führen Sie uns hin."

„Auf diesem Platz hier der Camping Wagen."

„Wem gehört der?"

„Willy Kübler."

„War er da seit der Fete?"

„Nein."

„Wo wohnt er?"

„Keine Ahnung, fragen Sie den Camping Wart."

„Gut, danke, rufen Sie mich an, falls er auftaucht."

Jason gab ihr seine Visitenkarte, sie gingen zum Eingang. Der Aufseher saß im Büro, er wusste wenig, als sie ihn ansprachen.

„Der Kübler ist hier gemeldet, Chef. Ob der noch eine Wohnung hat, weiß ich nicht, komisch, der ist verschwunden. Er lebt hier. Seine Rente ist mies. Der bekommt Grundsicherung."

„Nach der Party ist er nicht mehr aufgetaucht."

„Nein, der gönnte sich die Heimspiele vom VFB. Sonst ist er bescheiden."

„Was ist er von Beruf?"

„Metzger. Früher war er bei Hertie, in der Restaurant Küche. Der hat das Fleisch vorbereitet für die Köche. Zu der Zeit arbeiteten noch Bedienungen in dem Schuppen, von Tisch zu 410 Tisch, alte Schule. Die kassierten auch. Und es gab Forellen, Karpfen und Aale frisch aus dem Becken. Das ist großartig gelaufen. Die Leute wollen jetzt Hamburger, Döner und Pizza."

„Haben Sie den Herrn hier gesehen?", fragte Saleh.

„Der war auf der Party."

„Hat er einen Campingwagen?"

„Nein, er war vertraut mit Elvira."

„Hat sie einen?"

„Ja, die kommen im Sommer, Freitagabend, bis Sonntagnachmittag. Und es gibt Phasen, da bleiben sie länger, 420 um zu Urlauben."

„Sie und ihr Mann?"

„Ja, er hat eine Werbeagentur. Sie war Sachbearbeiterin bei der IBM. Die ist in Rente. Sie trinken gerne einen, essen gut. Einen gut Schluck. Sie Wein, er Pils. Sie Laden Leute ein zum Umtrunk."

„Name?"

„Hasenauer, er heißt Rolf. Der trink immer Asbach Cola."

„Waren sie auf der Party?"

„Ja, Rolf war zu, wie tausend Russen, pennte am Tisch ein. Der 430 becherte ordentlich, den Gespritzten. Ein großer Cognac

Schwenker randvoll. Fünf. Sechs. Stück. Und wenn sie kein Eis hat, dreht er durch. Er ist ein Choleriker."

„Gut, rufen Sie uns an. Wenn Kübler erschein. Meine Handynummer benutzen. Ich bin zur Zeit wenig im Büro."

Jason reichte ihm den Wisch. Nicht ganz tote Hose der Besuch. Sie fuhren zurück. Naomi wartete vor der Tür. Ihr Verhältnis war nicht so cool. Sie hatten sich über die Sache über Whats Up ausgetauscht, sie wollte mit einsteigen, ja, es war blöd gelaufen, sie war durch die Prüfung bei der Polizei geflogen,
440 Ziel einer Anstellung verfehlt. Jason war gutmütig.

„Und bin ich im Team?"

„Ja, das ist ein Praktikum."

„Einverstanden, bekomme ich eine Pistole."

„Pfefferspray und Elektroschocker."

„Ich bin im Schützenverein Ehningen."

„Wir gehen gemeinsam auf die Schießbahn, alle, auch du Saleh. Ihr braucht Waffenscheine."

„Saleh kann ich mich zum Training begleitet."

„Keine schlechte Idee. Doch, erst muss ich sehen, was ihr
450 draufhabt."

Die Polizei suchte fieberhaft nach Schiller, mit Hubschraubern, die über der Stadt kreisten. Mit Wärmebild Kameras. Dazu kamen Straßensperren, wie einst zu Zeiten der RAF. Jason war mit seinem Team auf dem Schießstand, beide waren gut. Naomi etwas besser. Der Anruf vom Camping Wart. Ein Leichenfund. Es war Kübler, der Metzger. Am Ufer im Neckar angeschwemmt. Hässlich, aufgedunsen. Jason rief Schirmer an, ohne Pathologie würde er nicht weiterkommen. In der Brieftasche ein Foto von Ku-Klux-Klan vermummten Männer, der

460 eine entsprach der Größe von Schiller. Ware Kübler mit Schiller im selben Rassismus Klub?

Eine alte Wehrmacht Pistole, sie gingen zu Küblers Campingwagen, um die Bude zu durchsuchen, bevor die Bullen eintrafen, weitere Klan Fotos in einem Album. Einwandfrei, ohne Kapuze, das war Schiller. Jason erkannte einen Kollegen, er gab das Material Naomi, die brachte die Beweise zum Auto. Der Jaguar war etwas eng. Sie mussten noch ein Auto leasen, einen Transporter, Ford hatte ein günstiges Angebot. Noch bekam er Gehalt von der Polizei. Wie er die Gehälter der 470 beiden bezahlen sollte, wusste er nicht. Er würgte Schirmer das rein, als der auftauchte. Er schrieb einen Scheck aus. Die Zehntausend von Kölbl waren abgehoben und auf dem Sparbuch. Und der Millionär hatte eine Erfolgsprämie ausgelobt. Gut, Jason hatte Kohle gespart, nicht üppig, aber genug für die drei, vorläufig. Insgesamt war die Kassenlage okay. Pie mal Daumen gerechnet. Mit dem Messer getötet, meinte der Arzt. Die Leiche war nicht lange im Wasser gelegen.

„Glück im Unglück.", raunte Schirmer.

Hans Gutbrod war mit dabei, er übernahm den Fall vorläufig von 480 Franz Kirsch, der noch immer verschollen war.

Jason rief einen Freund an, der bei der Polizei in Böblingen arbeitete, der früher beim Klan war, der meinte, die Treffen fänden auf dem Truppenübungsplatz bei der Panzerkaserne statt. Schirmer ließ nicht locker,

„Wie weit bist du, Jason?"

„Schiller war hier bei einer Party anwesend."

„Muss man dir die Würmer aus der Nase ziehen?"

„Schiller und Kübler sind im Ku-Klux-Klan."

„Nun, fängt das wieder an."

490 „Ist dir peinlich, weil Kollegen dabei sind."

„Der Schweinestall gehört ausgeräuchert."

„Rede mit dem Verfassungsschutz."

„Bei denen weiß man nie, woran man ist."

„Der Fall zieht weite Kreise, Chef."

„Nur Schiller kann uns zum Sohn von Kölbl führen."

„Stimmt. Ich mach mich vom Acker."

Jason zischte ab, sie fuhren in zwei Autos nach BB, Naomi fuhr einen Fiat 500, bis das Dienst Auto gekauft war, genügte die kleine Rutsche, Saleh steuerte den Jaguar E, los, Richtung
500 Vaihinger Kreuz, dann über die alte B14, zur Panzerkaserne, die von Marines bewohnt waren, die im Donovan Pub verkehrten, soffen, wie Löcher. Sie waren jung, vom Land wie in Ohio, wo es keine Jobs gab, in der Armee kam der Gehalt immer und später die Pension. Sie parkten an Waldrand, durchkämmten das Gebiet,

ein Stück einer weißen Kutte, an der Blut klebte, eine BBQ Grill Tonne, viele leere Flaschen: Jack Daniels Whisky und Weißbier, Tequila, Coke. Naomi tütete den Stofffetzen ein. Saleh fand eine Tüte mit Kokain. Volltreffer. Vom Süden
510 brausten zwei Motorräder auf sie zu. Staub wirbelte hoch, Bam, sie bremsten kurz vor ihnen.

„Der Platz ist besetzt."

„Kripo Stuttgart.", warf Jason ein.

„Kommt Ihnen das bekannt vor?", fragte Naomi, zeigte die Beweismittel hoch.

Er stieg vom Krad, baute sich auf, zwei Meter, Vollbart.

„Nein, das beweist nichts, Tussie."

„Kann ich ihren Ausweis sehen?", fragte Jason.

Er gab dem Kommissar die Papiere.

520 „Egon Stadelheim. Sie wohnen in Böblingen, Achalm Straße."

„Ja, ich erbte ein Haus von meinen Eltern."

„Haben Sie mit dem Ku-Klux-Klan zu tun?"

„Nein, ich bin Motoradfreak. Harley Davidson, wie sie sehen."

„Gibt es Klan Member in Ihrer Gruppe."

„Kann sein, vor länger waren bei uns Bullen, die im Klan waren, das flog auf, war in den Zeitungen."

„Vom Böblinger Revier?"

„Ja, nach meiner Erfahrung gibt es viele Faschisten bei der BW, Verfassungsschutz und Polizei."

530 „Gibt es Namen?"

„Wolfgang Beck, KH Braun, Johnny Tiefenbach."

„Wohnhaft?"

„Alle in Böblingen."

„Kennen Sie Schiller?"

Stadelheim überlegte, wirkte unsicher, bis es aus ihm herausplatzte:

„Nein, nie gehört."

Er öffnete eine Dose Jack & Coke, trank einen Schluck. Jason gab ihm die ID zurück. Neue Ansatzpunkte. Die Ermittler gingen 540 zum Auto.

„Du überwachst ihn, Baby. Saleh ist dein Partner."

„Okay, Chef."

„Vorsicht ist die Mutter der Porzellankiste, der ist gefährlich."

„Er kennt Schiller."

„Sicher, der ist nicht ganz koscher."

Sie trennten sich, Jason fuhr zum Revier, runter nach Stuttgart, Polizeipräsidium, er legte Schirmer den blutigen Stoff auf den Tisch. Naomi folgte Stadelheim. Der an der
550 Panzerkaserne vorbei fuhr, Richtung Schönaich.

Von der inneren Revision waren zwei Cops da, als er das Büro des Alten betrat, breitbeinig, wie John Wayne.

Schirmer starrte die Tüte an.

„Was ist das?"

„Der Klan tagte bei der Ami Kaserne in Böblingen."

„Wir müssen mit Ihnen reden, Herr Mueller, im Verhörzimmer."

„Kein Problem."

Die drei gingen eine Tür weiter, ein nüchtern eingerichteter Raum, graue Wände, blauer Linoleum Boden, Tisch, Stühle.

560 „Es geht um den Fall Schiller, und Ihre Verhörmethoden."

„Ja, verstehe ich. Man fasst einen etwas härter an, dann wird von Folter gesprochen."

„Arbeiten Sie noch an dem Fall?"

„Nein."

„Das bestätigte der Polizeichef auch. Wieso gaben Sie ihm ein Beweismittel?"

„Ich bin bei der Rocker Party gewesen. Ich liebe meine Harley, ein Chopper, dort Nah am Feuer fand ich das weiße Tuch, voller Blut. Ich wollte, dass es in die richtige Hände kommt. Da
570 Schiller Kontakt zum Klan hat. Einige sind Rocker, andere sind in der Rassismus Sekte."

„Haben Sie Schiller geschlagen?"

„Sein Nasenbein ging zu Bruch."

„Sie geben diese Art von Folter zu?"

„Mir ist die Hand ausgerutscht, immerhin dreht sich alles um den Entführten, den Sohn Rudy der Familie Kölbl. Es geht um Leben oder Tod."

„Gut, sie regten sich auf, weil er schwieg."

„Ja, ich rief den Arzt an, der kam, klebte ihm die Nase ab."

580 „Sind Sie immer aggressiv?"

„Na, ab und an, Herr Hauptkommissar."

„Wir biegen das hin, Jason. Du hast unsere Sympathien auf deiner Seite."

Sie gingen hinaus, verabschiedeten sich, Jason ging zum Boss. Schirmer schenkte Jackie & Zero Coke ein.

„Die beiden sind von der Kripo Heilbronn."

„Scheiß Spiel, ein kleiner Fehler und du bist weg vom Fenster."

„Ich werde mit Ministerpräsident Kretschmann und Innenminister
590 Strobl reden."

„Wenn es was nützt."

„Ballre jetzt nicht um dich, führe ein Low Profil."

„Klar, Chef."

„Ich geh zum Feinkost Böhm, was essen. Gehst du mit?"

„Sauber. Nein, bin beschäftigt."

Jason war für jede Party zu haben, heute nicht, er ging zerknirscht zum Auto, einen Moment hatte er sich nicht im Griff und zugeschlagen, schon stand er auf der Kippe, konnte Haus und Hof verlieren, all die Jahre bei der Kripo wären
600 umsonst gewesen, er fuhr zur Synagoge, besuchte Rabbi Maier.

„Na, Jason hast du Spuren und Hinweise gefunden?"

„Nein, nichts Konkretes, was hieb- und stichfest wäre."

„Unser Leben ist gefährlich. 1349 in der Bartholomäusnacht wurden in Köln alle Juden ausgelöscht."

„Schrecklich, ich hörte nie was davon."

„Pflege den Schabbat. Wie geht es deiner Mutter?"

„Sie ist im Betreutes Wohnen Schmidt Stuttgart West Ludwigstraße."

„Kein schlechter Laden. Du brauchst kein schlechtes Gewissen
610 haben, der Anschlag, das war höhere Gewalt. Gibt es Hinweise? Indizien?"

„Meine These lautet, die Bomben Attacke und dir Überfälle auf die Tankstelle wurden von denselben Leuten verübt."

„Terroristen. Rechte? Moslems?"

„Ich denke, braun angehaucht."

Ich zeigte ihm das Manifest: „Bevor wir im Ein Raum Zimmer Käfig, wie im Knast verwesen, kämpfen wir um unsere Freiheit. Abgespeist mit Hartz I4, oder Wohngeld sind wir Almosenempfänger. Ab jetzt nehmen wir das Gesetz des Handelns
620 wieder in die Hand. Die Zeit des modernen Sklaventum muss enden. Ab jetzt wird scharf geschossen. Die Technik ist die

größte Gefahr, sie hat uns entmenschlicht, unsere Fähigkeit zur Kommunikation geschmälert. Durch die neue Techniken, wie E-Mail, Computer sind wir zur jeder Zeit überwachbar. Nieder mit Facebook, Google, Microsoft & Apple. Gezeichnet Der Übermensch, Be Free Armee Fraktion, BFAF."

„Hört sich an wie Baff.", raunte der Rabbi.

„Die lernten von der RAF. Genau ihre politische Richtung ist durch die Schrift nicht zu ersehen."

630 „1 Raum klingt nach Ex DDR."

„Könnte sein, ich will keine voreiligen Schlüsse ziehen." Jason stand auf.

„Okay, ich muss los. Wünsche noch einen schönen Tag."

„Ebenso."

Salah hatte den schwarzen Transporter, mit getönten FBI Scheiben, abgeholt, gebraucht, ein Schnäppchen. Er wartete vor der Synagoge.

„Wo ist Naomi?"

„Sie überwacht Stadelheim."

640 „Löse sie ab."

„Gut, ich fahre nach Böblingen. Und du?"

„Ich besuche meine Mutter. Aufpassen Stadelheim ist gefährlich."

Er rauschte davon, Jason stieg in den Jaguar, über Rotebühl Platz, rechts, dann wieder rechts, eine kurze Fahrt, parken, rein in die Bude. Sie wohnte ganz oben, mit Balkon. Die Tür stand offen, sie saß an der Staffelei, malte mit Acryl, Pastelltöne.

„Der letzte Bulle von Stuttgart. Brauchst du Geld?"

650 „Nein, was soll ich mit dem Haus in Degerloch machen?"

„Heirate und zeuge Kinder. Oder willst du die Million für nichts verplempern? Dein Vater hat so auf dich gebaut, dass du in die Maschinenfabrik einsteigst. Bist du noch immer auf Cannabis? Gehst du in die Synagoge."

„Da komme ich gerade her."

„Halte die Speisegesetz ein, den Schabbat, mein Junge. Such dir eine Jüdin. Sie sind starke Frauen. Ohne Frau im Rücken steigst du nicht auf. Gut, wenn du schon da bist, drehe eine Tüte."

660 Jason holte das Grüne und Tabak aus den Tüten, rollte den Joint, steckte den in Brand, zog daran, gab in seiner Mutter.

„Ich verzichtete auf meine Karriere als Schauspielerin. Und half in der Firma mit. Verkauf war meine Stärke. Als Polizist bist du immer ein Mitläufer. Als Jude musst du finanziell unabhängig sein. Den Rest der Geschichte kennst du ja. Ich habe dich nicht genug in den Arsch getreten."

Sie gab den Glimmstängel Jason.

„Kauf mir fünf Gedrehte, Pink Lady."

„Mach ich. Wir können essen gehen am Sonntag."

670 „Wo?"

„Wie immer, im Schlossgarten Hotel."

„Kannst du dir das leisten?"

„Zu McDonalds willst du ja nicht?"

„Bürger King ist subjektiv betrachtet besser."

„Wie wäre es mit Rote Kapelle, Tapas?"

„Gut, Idee, vergesse den Stoff nicht."

„Nein, ich hole dich ab gegen 11 Uhr."

„Ohne Jeans, Jason. Zieh eine Anzug an."

„Sauber. Geht in Ordnung, mit oder ohne Krawatte?"

680 „Mit, Windsor Knoten. Wie dein Vater."

„Einstecktuch?"

„Ja. Du musst stilvoll auftreten."

„Okay, bis dann. Ciao."

„Tschüss, Bulle."

Jason ging zum Aufzug, fuhr hinunter. Scheiß Hostessen, ein Ticket klebte am Scheibenwischer, die Not des Alltags. Er entfernte das Ticket, stieg ein, legte es zu den zehn anderen im Handschuhfach. Saleh war in Böblingen, Stadelheim wohnte in einem kleinen Haus, mit Garten, dahinter war die Max-Planck-
690 Schule, das Murkenbach Hallenbad, Stadelheim fuhr aus der Garage, auf der Harley, Naomi blieb dabei, sie war neugierig, sie folgten ihm, Richtung Siebenmühlental, über Steinenbronn.

Jemand klopfte an die Scheibe, ein Mann stand am Auto, Jason stieg aus, warf seine Kippe weg.

„Wie weit ist deine Erkenntnis?", fragte der Fremde.

„In wie fern?"

„Attentat auf die Synagoge."

„Wer sind Sie?"

„Moshe Friedman."

700 „Hat Sie Rabbi Maier beauftragt?"

„Ja, ich bin von Mossad. Ich werde die Täter liquidieren."

„Damit will ich nichts zu tun haben. Bei uns gibt es keine Lynch Justiz."

„Sie werden uns noch kennenlernen, Jason. Diese Leute führen Krieg gegen uns. Damit habe ich das Recht mich zu wehren."

„Ich mach mein Ding, lebe mein Leben, und du deines. Wenn du Rache üben willst, brauchst du zwei Särge."

„Okay, wir sprechen uns noch."

Er zischte ab, stieg in einen schwarzen Daimler SVU, der Anruf von Saleh, Jason fuhr aus der Stadt, zur Hahn Seebruck Mühle, raus aus der Stadt, über Vaihingen, Richtung Musberg, High Noon. Eine Schießerei, vor einer Jagdhütte Schützen, Wild West im Schwabenland, AK 41 Schnellfeuergewehre, Rastatata, Peng, Bam. Jason legte sich ins Gras, robben, wo steckten seine Kollegen? Waren sie in der morschen Laube? War Ulf Schiller dabei?

Käfer und Schmetterlinge flogen umher, ein Eichhörnchen tanzte vor seiner Nase, Flamenco, ein Ameisenhaufen, verflixt und zugenäht, er war nicht Pionier beim Bund, ein Knall, ein Pfeifen, ein Schrei, Karl May, ein Schuss zerfetzte einen Ast vor ihm, das war knapp, Herrgottssack Zement, Bullen fluteten das Wald Stück, wo steckte Naomi, Saleh?

Rocker knatterten auf Harleys den Pfad rauf, Jason dachte in diesem Moment an den Film Easy Rider, mit Dennis Hooper & Peter Fonda, ein geiler Streifen, in einer Nebenrolle Jack Nicholson, Jason zog sich zurück, Richtung Parkplatz, Polizisten redeten mit Saleh und Naomi, abwarten und Tee trinken, die Hütte brannte, Feuerwehr rückte an, Jason ging zu ihnen. Er kannte die Cops nicht, sie waren vom Revier in BB, er wies sich aus.

„Die beiden gehören zu mir, Chef. Sie haben einen Verdächtigen überwacht. Stadelheim."

„Der ist bei uns bekannt. Jemand warf einen Molotow-Cocktail.

Stadelheim kam, mit versenktem Haar.

„Wo steckt Ulf Schiller?", fragte Jason.

„Keine Ahnung. Diese blöden Nazis, wir wollten den grillen, den Sack."

„Wen?"

„Einen Verräter, dann kamen die, der Ku-Klux-Klan. Die
740 Gespenster des Nichts."

„Das gibt es hier im Kreis nicht."

„Ich sah das mit eigenen Augen. Die hassen uns Motorrad Freaks."

„Komm, ihr gehört zusammen.", warf Naomi ein.

„Du, halt deine Klappe.", rief Stadelheim.

„Sie kommen mit zur Wache, wir legen ein Protokoll an. Tafelberg."

„Stadelheim immer noch."

Sie schoben ihn in den Streifenwagen.

750 Einige von der Rocker Bande tauchten auf, sie sahen mit drohenden Gesten zu. Die Cops kontrollierten sie, schrieben die Daten von ihnen auf. Dann rauschten sie ab. Ulf Schiller war wie vom Erdboden verschluckt. Ein Griff ins Klo, bis jetzt.

„Du wirst sterben, Mueller.", riefen sie. „Wir wissen, wo du wohnst, Blue-Pig."

Gaben Gas, die Motoren der Chopper heulten auf, dann knatterten sie davon. Ein Specht begann zu hämmern, eine Frau sammelte Hagebutten.

760 „Machen Sie Schnaps aus den Beeren?"

„Saft, mein Großvater wurde hundert Jahre alt. Jeden Tag ein Schluck genügt. Es gibt alles was wir benötigen in der Natur. Ich werde die Kräuter Hexe der Sieben Mühlen genannt."

„Gibt's den Saft zu kaufen?"

„Nein, für Patienten. Ich bin Heilpraktikerin. Was suchen Sie?"

„Zwei Männer, der eine wurde entführt, er ist ein Kollege von uns."

„So sind die Menschen, suchen Sie beim Biergarten, dem 770 Sägewerk, da ist ein griechisches Lokal. Ob das noch offen hat, weiß ich nicht."

„Danke für den Tipp."

Rein in die Autos, zurück in die City, Richtung Flughafen, Degerloch, runter zum Heusteigviertel. Nachdenken. Einen neuen Plan schmieden, ein Trollinger zur Aufmunterung, schlotzen, kauen. Auf dem Herd Wein Sauerkraut, mit Riesling, Zwiebel, Nelke und Lorbeerblatt gesimmert, mit dem Bauchfleisch. Jason lud seine Partner ein, öffnete den Rotwein, erhitzte das Essen. In der Abendschau das Fahndungsfoto von Schiller und 780 die Aufnahme von Franz Kirsch. Die Glocke, der Alte, Schirmer, der Mann mit dem Bierbauch, die Portionen wurden kleiner

„Morgen fliegt die Luftwaffe, mit Aufklärungsflugzeugen."

„Krieg der Sterne."

„Witzbold, da Lage ist ernst. Ist leider kein Sience Fiction Film."

„Jetzt wird gevespert, Chef. Schwäbisch elektrisch."

„Gewinnt der VFB am Samstag?"

„Gegen Bochum, Dutt wurde freigestellt."

„Das muss ein Dreier werden."

790 „Ohne Franz auf der Haupttribüne nicht."

„Mädle, du musst mehr essen, dann kriegst du rote Backen. Du siehst blas aus. " .

„Scheiß Hitze, 39 Grad. Im Kessel."

Noch ein Gast, es klingelte, Jason öffnete. Es war Carlos Blanc, von Verfassungsschutz. Ein Terrier, klein, untersetzt, im VFB Trikot & Blue Jeans.

„Carlos, wir haben Feierabend.", murrte Schirmer.

„Mann, es geht um Austausch von Informationen."

„Und was hast du auf der Hand?"

800 „Das frage ich euch."

„In wie fern?"

„Aktion Siebenmühlen Tal."

„War eine Fehde zwischen zwei Banden."

„Da mischen Reichsbürger mit, die Story ist zu tiefst politisch."

„Und was mit dem Klan?"

„Da sind Polizisten mit dabei. Und Soldaten der BW."

„Ein Sumpf."

„Genau."

810 „Wir haben andere Probleme."

„Welche?"

„Aus ermittlungstaktischen Gründen kann ich darüber nicht reden."

„Habt ihr noch Kraut."

Jason füllte für ihn einen Teller, schenkte vom Trollinger, der Kollege setzte sich. Die Frage, die sich Jason stellte, war, wieso tauchte Carlos auf. Unterstütze er eine der Gruppen?

Das wäre nicht zum ersten Mal passiert, es gab ja
820 Ungereimtheiten beim Fall NSU, bzw. rechte Kameradschaften in Thüringen. Jason traute ihm nicht. Da stank was zum Himmel. Wichtig war den Kollegen zu finden. Franz Kirsch. Immerhin bei einem Erfolg könnte es für ihn zum Heimspiel des VFB reichen. Jasons Riecher schlug Alarm, als die Party zu Ende war, setzte er Saleh auf Carlos an, ohne es Schirmer zu sagen.

5

Am nächsten Tag fuhr Jason zum Präsidium, ging ins Büro von Schirmer, der eine Zigarre paffte. Kubanisch, Cohiba. De Luxe. Über seinen Bauch strich. Er war erschöpft.

830 „Kerle, du musst dich anmelden zur Therapie bei Frau Dr. Tina Motz."

„Was soll das?"

„Ohne die Gespräche mit der Psychiaterin gibt es keinen Weg zurück in den Dienst."

„Ich kann selbst denken."

„Du lässt nie die Katze aus dem Sack, du wirst nicht umsonst der Schweiger genannt. Und was läuft?"

„Ich schau mir die Gegend um das Holzsägewerk an."

„Warum?"

840 „Da gibt es einige Verstecke."

„Vom wem hast du den Hinweis?"

„Von der Kräuterhexe."

„Wird es jetzt esoterisch?"

„Dort gibt es eine Kneipe. Sie wusste nicht, ob da ein Pächter drin ist oder, ob die Bude leer steht."

„Gut. Auf eigene Gefahr."

„Du machst dir es leicht."

„Raus, verschwind."

Jason stand auf, ging, fuhr raus aus der Stadt, neuer Plan, 850 die Reise geändert, jetzt erst nach Böblingen, Achalm Straße, das Haus von Stadelheim im Auge behalten, ein Schäferhund sprang bellend hoch an der Gartentür, ein Typ kam, schoss auf Jason, er brauste davon, das war knapp, die Fahrerseite getroffen, zersplitterte Scheibe, verdammi sprach der Ami, er konnte gleich zu Carglass fahren, nein, Witz komm raus, du bist zu billig, er hielt am Hallenbad Murkenbach, er blutete im Gesicht, links an der Wange, er rief seinen Partner an, nach fünfzehn Minuten kam der Transporter. Naomi stieg aus, dann Saleh.

860 „Das ging schnell."

„Wir waren beim Kentucky Fried Chicken in Sindelfingen."

„Was ist mit dem Depp, Carlos Blanc?"

„Er ging in das Haus von Stadelheim."

„Ratte. Die Suche nach Franz Kirsch und Schiller hat Priorität. Wegen den Entführungen, von unserem Kollegen und dem Sohn der Familie Kölbl. Auf der eine Seite gibt es die Rocker Bande, dann die Klan Mitglieder. Ich tippe, dass eine Nazi Gang mit im Spiel ist, eine Kameradschaft. Eine neue NSU."

870 „Der Klan unterstützt die."

„Ist anzunehmen. Darunter sind Polizisten und Soldaten von der Bundeswehr. Stadelheim packt nicht aus. Schweigen im Walde. Das ist ein Spinnennetz."

„Und jetzt?"

„Saleh fährt dich nach Stuttgart, du brauchst eine Pause. Ich fahr zum Sieben Mühlen Tal. Schau mich dort um, in der Gegend das Sägewerks."

„Ich koche, ein Curry mit Huhn, Ingwer und Chili.", raunte Naomi.

880 Sie brausten davon, Jason drehte sich einen Joint, sie war eine gute Köchin, Franz Kirsch steckte tief in der Scheiße, in einer Höhle, im Schönbuch, in der Nähe von Rohrau, Ulf Schiller war gnadenlos.

„Lass mich frei, ich rede mit Schirmer."

„Ich vertraue keinem Bulle. Ihr seid Schweine."

Stadelheim tauchte auf, brachte Getränke und Essen, jeden Tag gab es Weiße Bohnen, englische Art, Baguette, Wasser. Jedem Böhnchen sein Tönchen. Beide Ganoven kannten sich vom Knast in Rottweil. Hintere Höll Gasse.

890 „Wen legst du ihn um?"

„Kommt Zeit, kommt Rat.", knurrte Schiller.

„Wenn er tot ist, kann er nicht aussagen."

„Waren die Pigs bei dir?"

„Sie beobachten mein Haus, ich war im Sieben Mühlen Tal. Und da tauchten welche vom Klan auf. Wir wollten grillen, fünfzig Kisten Jack Daniels Whisky, Mann. Wir hatten noch andere Gangs eingeladen, von Reutlingen, bis runter zum Bodensee. Alles im Arsch. Die zündeten die Hütte an."

„War es wirklich der Klan, hast du mit denen was am Laufen."

900 „Ich kenne ein paar Bullen, die dabei sind. Weiß nicht, weswegen das aus dem Ruder lief."

„War es nicht ein Machtkampf, weil du der Anführer sein willst? Und du hast den Klan eingeladen, eine Intrige, oder?"

„Ich bin nicht Shakespeare, ich muss zurück. Morgen gehe ich früh auf die Jagd."

„Wo?"

„Bei der Panzer Kaserne. Es gibt einen weißen Hirsch dort im Gebiet, beim Luftbad, Richtung Musberg."

„Echt?"

910 „Ja, echt. Bis dann, Alter."

Stadelheim stieg auf sein Cross Motorrad, raste durch den Wald, Richtung Hildrizhausen, Jason konnte nicht ahnen, dass er auf, der Kneipier wusste nichts, die vom Sägewerk auch, er ging in den Frech Biergarten, kaufte am Kiosk ein Weißbier, Augustiner. Gise kam auf dem Chopper, sie war Moderatorin, Sendung Paarungen, Free Stuttgart TV, sie holte sich ein Radler, setzte sich zu ihm, sie war älter geworden, wie jeder, dieser Prüfung entgegen ging.

„High, Sherlock."

920 „Lange nicht gesehen."

„Wurde gefeuert."

„Wieso, die Show war erfolgreich?"

„Zu alt, bevorzugt werden Blondinnen, siehe Heute, ZDF."

„Stimmt, wie in Mexiko. Die spanisch Aussehenden mit heller Haut werden Moderatorin. Möglichst blaue Augen. Darauf stehen die mexikanischen Machos."

„Warst du schon dort?"

„Ja, mein Bruder lebt in Ajiic, Lake Chapala, bei Guadalajara. Die zweitgrößte Stadt im Land der Kartelle. Wird auch das
930 mexikanische Silicon Valley genannt. Über dem Land liegt ein tiefes mystischen Geheimnis. Ich bin mit meinem anderen Bruder von Gainesville nach El Paso gefahren, dann über die Panamericana Highway, über die Sierra Madre. Am Straßenrand mit Taschentüchern winkende Indios, die nach Mexiko City wollen, ein Lastwagen rutschte in eine Schlucht, da standen unten viele Indios, die er mitgenommen hatte. Wir waren bei Bergbauern, die Häuser sahen aus wie die in Bayern. Aus Holz, mit Balkon."

„Weltenbummler. Und an was bist du dran?"

940 „Entführungsfall."

„Sehr lakonisch."

„Ja, es könnte jemand mithören, der Laden ist voll. Viele Ohren on Air."

„Was wäre mit einem Date?"

„Wo?"

„Im Bix Jazz Klub."

„Gut, ruf mich an, wenn es passt."

Jason holte noch zwei Williams, Ex, dann ging er zum Auto, zurück nach Stuttgart, Curry Masala Time in der Wohnung, im

950 Heusteigviertel. Musik I Shut the Sheriff, Bob Marley, am nächsten Tag raus, nach BB, Stadelheim Haus, Jason hielt Wache, Stadelheim schob das Motocross Krad heraus, gab Vollgas, raste Richtung Sporthalle, Steinbruch, fuck, der fuhr in den Wald, brauste rechts, Richtung Altdorf, Herrenberg, bis Rohrauer Höhe war er dran, dann noch hinunter zum Sportheim, weiter zum alten Jägerhaus, dann wurde es eng. War hier das Versteck von Schiller? Jason telefonierte. Schirmer wiegelte ab, verdammt, er brauchte Verstärkung, er stieg aus, checkte die Walther Knarre, nahm noch das private Pump Gun mit, machte 960 sich auf die Socken. Zwölf Uhr mittags, ein alter Western kam ihm in den Sinn. Ein Jäger kreuzte auf.

„Wohin des Weges, mit der Spritze?"

„Kripo Stuttgart."

„Willst du mich verarschen?"

Jason zeigte ihm den Ausweis.

„Wenn du mit der Waffe auf ein Reh schießt, ist nichts mehr übrig von dem Tier."

„Ich bin von der Kriminalpolizei, Meister, ich jage Verbrecher."

970 „Vorhin knatterte einer mit dem Motorrad durch die Gegend."

„Wo, weiter nach Osten."

„Gut, danke."

„Viel Glück, Kommissar Derrick."

„Der war Inspektor."

„Horst Tappert. Der war Oberinspektor."

„Genau. Stimmt. Fritz Wepper spielte Inspektor Harry Klein."

„Ich sah einen Mann an der Räuber Höhle. In diese Richtung fuhr der Motocross Held."

„Danke."

980 Jason trabte weiter, ohne Glück löste man keinen Fall, ein Hauch davon war notwendig, wie eine Brise Muskat in der Consommé, Jesus Christ, jemand ballerte rum, Jason flog Blei um die Ohren. Sie hatten ihn entdeckt. Schirmer gab ihm keine Rückendeckung. Die Kriminellen waren übermächtig. Jason rannte los, zurück zum Auto, er fand es nicht, verflucht, er suchte, da stand der Jaguar E, er stieg ein, reiste zurück, wieder erfolgslos, dafür war Schirmer verantwortlich.

In der Altstadt ein Mord, ein Dealer lag tot auf dem Bolz Platz, Saleh war am Phone, Jason parkte an der Leonards 990 Kirche, ging zu Fuß, Naomi war auch da, Schirmer kam. Ein Aufgebot an Polizisten. Mann, eine Armee.

„Okay, der Stand der Dinge?", fragte Schirmer.

„Das sind russische Tattoos, Chef."

„Und was hatte er dabei?"

„Eine Glock und eine Menge Heroin."

„Leute, durchsucht die Gegend, Papierkörbe, unter den Sträuchern, das Parkhaus, jeden Strip Klub, Puff, den Russen Laden. Wird Zeit, wir heben das Nest aus."

„Chef, eine Zeuge."

1000 „Ein Junkie ist kein gescheiter Zeuge."

„Alter, ich habe Bill am Tatort gesehen.", sagte der Typ.

„Weiter, Junge, raus mit der Sprache."

„Er ist ein Ex GI, wohnt in Mannheim."

„Woher kennst du ihn?"

„Ich lernte ihn in der Klapse in Calw-Hirsau kennen."

„Stimmt das?"

„Ich war in der Klinik, Abteilung 5b, er in der Forensik. Die kommen zum Kiosk, wenn sie Ausgang haben, die werden immer von einem Pfleger, oder was der ist, begleitet."

1010 „Gut. Du kommst mit zur Wache."

„Was bezahlt ihr? Cash? Moneten, Chef? Zaster?"

„Wir laden dich in eine Zelle ein, bestimmt gibt es Spaghetti Bolognese."

„Am Arsch hängt der Hammer."

„Abführen. Und du Jason, du lässt die Finger von diesem Fall, denn du versaust immer alles, und was ist mit Franz Kirsch?"

„Vermutlich wird er gefangen gehalten in einer Höhle bei Rohrau."

„Dann hole ihn gefälligst aus dem Loch. Das Leben ist kein 1020 Zuckerschlecken."

„Ich brauche mehr Leute, Vorort sind mehrere bewaffnete Männer, die schossen auf mich."

„Gut, ich kundschafte das aus, ich schicke den Hubschrauber los. Ich rufe dich an. Und nun zieh Leine, du störst."

Jason und sein Team verschwanden, gingen zur Wohnung, rüber zum Heusteigviertel. Es gab Käsespätzle, mit Röstzwiebel, und Kopfsalat, knackfrisch vom Markt an der Alten Kanzelei. Für den Teig brauchte man 400 Gr. Mehl, 1 Tasse Wasser, 3 Eier, Salz, mischen, kneten, vom Brett in siedendes Salzwasser 1030 streichen, mit dem Gummischaber. Sobald die Spätzle an die

Oberfläche kommen, mit der Kehle abschöpfen, in Eiswasser geben.

Jason ging später in die Altstadt, zum Brunnenwirt, rein in das Raucherzimmer, der Kellner und die Köchin saßen da.

„Was willst, Jason?"

„Ein Kristallweizen."

Der Kellner ging zur Theke, brachte das Bier, mit schäumender Krone. Jason steckte eine Gouloise an, ein Russe setzte sich zu ihm.

1040 „Du bist ein feiner Kerl."

„Du brauchst mir keinen Honig ums Maul schmieren."

„Momentan läuft einiges schief."

„Du meinst den Toten Russen sicherlich."

„Ja, hier eiert eine neue Bande rum."

„Kennst du jemand von denen?"

„Nein, es sind Amis und Mexikaner. Tortillas."

„Wie starb?"

„Er wurde gehängt, Lupo in die Stirn geritzt."

„Bizarr. Naja, das ist Sache der Mord Kommission."

1050 „Ich bezahl dich, leg mir den Ami vor die Tür, tot, oder lebendig. Ich bin Krakow. Dein Kontaktmann. Frage im Laden am Eck nach mir nach, schräg gegenüber der Leonards Kirche."

„Ok. Mal sehen, was sich machen lässt."

Er steckte Kohle in die Tasche vom Sakko von Jason, dem es unangenehm war. Er ging. Der Kellner brachte die Linsen, mit Speck und Würstchen.

„Da hast du aber einen fiesen Freund."

„Ich schöpfe ihn ab, er ist ein Informant."

„Den sehe ich immer im Russen Laden. Sicher gehört ihm auch
1060 ein Puff."

„Ja, das Puschkin. Gut oder böse, alle sind auf der Jagd nach Geld."

Nach den Käsespätzle noch ein gut bürgerlicher Nachgang, Nerven Food, Jason zitterte, drückte die Kippe aus, spachtelte, musste er morgen joggen, wegen dem Gewicht, der Russe konnte ihm den Buckel runterrutschen, wenn er sich da nicht die Finger verbrannte. Die Raben flogen hoch, und die Hunde bellten. Beim Parkhaus. Junkie Dogs, arme Typen standen herum, scharf auf den nächsten Trip. Zur Not tat es auch
1070 geklauter Kodein Bronchitis Hustensaft. Jason passierte sie, ging zu seiner Bude.

Am nächsten Tag Termin bei Dr. Motz, PIA, Furtbach Krankenhaus, er meldete sich an der Rezeption an, nahm Platz im Flur. Nach zehn Minuten holte ihn die Ärztin ab.

„Nun erzählen Sie mal?"

„In einem Verhör schlug ich einem die Nase kaputt."

„Warum?"

„Er hat einen Jungen entführt einer reichen Familie, wir verhafteten ihn, fanden das Versteck nicht, gab es nicht
1080 Preis."

„Bereuen Sie diesen Vorfall."

„Nein. Das Leben des Sohn der Familie Kölbl war mir wichtiger."

„Sie sollten in die Klinik stationär. Ich würde vorschlagen zwei Monate, Behandlung mit Seroquel Prolong und Lithium."

„Ich fliege nicht, Einer flog über das Kuckucksnest. Ich bin nicht die Figur, die Jack Nicholson spielte. Der in der Klapse landete."

„Das Lithium macht sich ausgleichender, gut, ich schreibe
1090 beide Mittel auf. In drei Wochen Blutkontrolle und Besuch bei mir."

Sie tippte was in den Computer, druckte das Rezept aus, gab es Jason, der mürrisch hinausging. Er musste mit Schirmer reden, wenn es so weiter ging, würde er privat arbeiten, für immer, wie jetzt. Er fuhr im Jaguar zum Präsidium.

Schirmer war schweigsam.

„Der Doktor bringt nichts, das ist verschwendete Zeit."

„Jason, da musst du durch."

„Was kam bei der Hubschrauber Aktion raus und der Luftwaffe
1100 Aufklärung."

„Die Bilder sind da. Hier sind klar Männer zu erkennen."

„Stelle eine Truppe zusammen und wir fahren hin."

„Böblingen ist zuständig."

„Du suchst immer nach Ausreden."

„Ich telefoniere mit dem SEK."

„Heute, morgen, übermorgen. Gib mir ein paar Typen in Zivil Klamotten mit. Ich mach das auf eigene Rechnung."

„Kerle, wenn einem was passiert, ist die Kacke am Dampfen, und wir kommen in einem Shit Sturm rein, von hohen Ausmaßen. Es
1110 gibt kein Privat, die Sache muss offiziell sein.

„Und was ist mit dem Stadelheim Haus, der Durchsuchungsbefehl?"

„Wir haben nichts in der Hand gegen ihn.

„Scheiß Beamtentum. Deswegen wählen die Leute AFD. Weil die Justiz versagt."

„Du kannst immer noch Bundeskanzler werden. Adenauer wurde mit siebzig Kanzler."

Er stand wütend auf, rannte hinaus, schlug heftig die Tür, er war sauer. Nichts passierte. Verfickter Laden. Jason traf sich

1120 mit Saleh, Naomi in Sindelfingen, bei Kentucky Fried Chicken, Drumsticks, Soße, Püree. Jason nahm sein Tablet, ging zum Tisch.

„High, Caballeros."

„Pünktlich, meine Hochachtung." , raunte Naomi.

„Du siehst müde aus."

„Ich war im Karate Training, war hart."

„Wie sieht der Plan aus? ,fragte Saleh.

„Wir fahren nach Rohrau zum Sportplatz, von dort rein in den Schönbuch."

1130 „Wandertag. Wieso trägst du das Jäger Outfit?"

„Tarnen und Täuschen. Für euch liegen zwei olivgrüne Kampfanzüge bereit a la Afghanistan. Es geht um die Wurst."

„Wir dürfen niemand töten, Jason."

„Stimmt, erst auskundschaften, ob sie da sind. Wir versuchen sie zu überwältigen. Oder warten ab. Einzeln legen wir die flach. Jeder steckt extra Handschellen ein. Ein Nachtsichtgerät besorgte ich von einem Kumpel."

Nach dem Essen fuhren sie auf die Autobahn Richtung Singen, in Gärtringen runter, am Kerzenstüble vorbei nach Rohrau, am
1140 Sportplatz parkten sie und trabten zum Wald. Gut ausgerüstet, mit eisernen Rationen. Panzerplatten. Verbandszeug. Wasser. Zur Not konnten sie auch Äpfel klauen.

Ein zartes schlankes Reh hoppelte vorbei, Libellen tanzten vor ihren Augen, die Ruhe vor dem Sturm, wenn die heikle Sache schiefging, war Jason erledigt, das Wandern ist des Müllers Lust, Räuber und Gendarm spielen, die Lage war ernst, da hilft der trockene schwäbische Humor. Jason hatte Siedfleisch, Knochen und Gemüse für den Gaisburger Marsch eingekauft. Sie fanden den Eingang der Höhle. Bingo. Williams aus dem
1150 Flachmann. Prost. Prost, Kameraden, wir wollen einen heben.

Urs Schiller, wie aus dem Boden gewachsen, er verschwand im Dickicht. Jason ging allein hinein, nichts, keine Spur vom Kölbl Sohn, doch da war Franz Kirsch, Jason schnitt die Fesseln durch, schnell raus, sie rannten zum Sportplatz, Laufschritt, durchatmen, am Transporter, Ford, noch immer. Schüsse, Schiller drehte hohl. Er war außer sich, stand am Waldrand. Leider konnten die Cops nicht schießen.

„Wo ist der Junge?" , fragte Jason Franz.

„Sie haben ihn weggebracht."

1160 „Wer?"

„Zwei Männer, Schiller blieb in der Höhle."

„Gut, aufsitzen, zum Präsidium."

Wenigsten etwas hatte funktioniert, über die Autobahn, fuck, ein Stau, wie immer um Stuttgart herum, die reichste Gegend von Europa, durch Daimler, Porsche etc. Dies von der Wirtschaftskraft her analysiert, jetzt Rinder Tartar beim

Feinkost Böhm, an der Bar, Wunschtraum. Endlich Heslacher Tunnel. Der Rest war a piece of cake.

Schirmer umarmte Franz. Holte den Cognac aus dem Schreibtisch.

1170 „Leg die Bajonette weg, jetzt wird gefeiert."

Er schenkte ein, Naomi und Saleh warteten im Auto, immer noch lastete der Fall der Entführung auf Jason, Franz Kirsch war noch nicht fit, er ging zum Arzt, der schrieb ihn krank, am Tag darauf durchkämmte das SEK das Rohrauer Waldgebiet, keine Spur von dem Jungen und Schiller, der sich bisher wegen der Geld Forderung nicht erneut gemeldet hatte.

Jason ging am Abend mit Gise aus, im Jazz Klub Bix, er trank Gin Tonic, sie Rotwein, ein Merlot, es war warm, sie saßen auf der Terrasse.

1180 „Die haben mich eiskalt abserviert."

„Filmtitel: Blondinne bevorzugt."

„Ein Klischee, aber da ist was dran. Gibt zu viele ausgebildete Journalisten. Was macht dein Fall?"

„Ein Teil ist gelöst. Hast du den Film Greta mit Isabelle Huppert gesehen?"

„Ja, im Bollwerk."

„Klasse Streifen, ein weiblicher Serien Killer. Starke Leistung der Huppert."

„Was kommt jetzt?"

1190 „Tarantino. Once upon a Time."

"Gehst du mit?"

"Ja, am Sonntag. Nachher ins Fellini."

„Schön, dass wir uns wieder öfters treffen."

„Zuletzt beim Klassentreffen."

„War cool."

Saleh und Naomi kamen, setzten sich dazu, Jason stellte sie Gise vor, der gemütlich Teil des Abends begann. Am nächsten Tag Fortsetzung des Dramas um Ulf Schiller. Jason hatte was im Sinn, in das Haus von Stadelheim in Böblingen eindringen. Hals
1200 über Kopf. Action wie im Film French Connection.

Das stand dann Spitz auf Knopf. Ja, er gab eine Runde aus. Small Talk. Pulp Fiction. Der Bass Professor Mini Schulz winkte, der das Bix & das Jazz Open mit aufgebaut hatte. Eine Koryphäe. Er leitete den Klub.

Was für ein Tag?

Dienstag, eine Taube saß auf dem Fenstersims, gurrend, Jason trank seinen Kaffee, paffte eine Filterlos, schwarzer Krauser, selbstgedreht, heute Barsch, mit japanischer Panko Kruste, mit Frankfurter Grüne Soße, Salzkartoffeln, alles war im
1210 Kühlschrank, für den Abend.

Jason reiste im Jaguar nach Böblingen, seine Partner folgten im Transporter, High Noon, Duell der Giganten, zwischen John Wayne & Clint Eastwood, Humor hatte er, Hängt ihn höher, Spiel mir das Lied vom Tod, Sergio Leone, er war ein Western Fan.

Ruhige Fahrt, in BB, Stadelheim spielte mit dem Hund im Garten, Neues aus Stuttgart, Ulf Schiller war aktiv, eine neue Lösegeld Forderung stand im Raum, Schirmer war bei der Familie Kölbl, der war abweisend. Er zeigte dem Bullen den Brief.

„Zwei Millionen, verrückt, der dreht am letzten Rad. Steigert
1220 sich hinein, der gehört in die Irrenanstalt, so schnell wie möglich."

„Bitte, keine Polizei. Das steht im Text."

„Sie müssen nach einem Lebenszeichen ihres Sohnes fragen. Wenn er anruft."

„Wir können eine Fangschaltung anlegen."

„Nein, ich will mit Jason Mueller sprechen."

„Gut, ich rufe ihn an, wird etwas dauern. Er ist unterwegs."

„Weswegen?"

„Er sucht Schiller, er war nah dran."

1230 Kölbl trug einen blauen Versace Anzug, war unrasiert, für ihn ungewöhnlich, seine Frau saß auf dem Plüsch Sofa, auf dem Couchtisch stand eine Ming Vase. Schirmer und seine Leute zwitscherten ab. Erst am Abend verließ Stadelheim sein Haus, mit Freunden, stieg in ein Auto, Saleh gab Gas, folgte ihm, Jason wartete noch einen Moment, ging mit Naomi über die Straße, der Hund war im Zwinger, hinten, Richtung Murkenbach Halle, Jason knackte die Keller Tür, im Hobby Raum die Überraschung, eine Ku-Klux-Klan Kutte, Fotos von Treffen der Rassisten, ein Riesen Feuer, Jason fotografierte, mit der 1240 Spiegel Reflex Kamera, jede Menge Waffen, ein Arsenal, nun hatten sie ihn am Sack, schnell raus, wie der Blitz, die Mexikaner nisteten sich ein auf dem Camping Platz am Neckar, die wollten gegen die Russen vorgehen, Jason brachte die Fotos zu Schirmer, der war nicht angetan.

„Du musst mehr unternehmen, Jason. Ihn provozieren, sodass es für eine Festnahme reicht. Wenn Franz Kirsch fit ist, kann er dir helfen."

„Mann, nehme das Nest auseinander."

„Wenn Stadelheim das Spitz kriegt, was anzunehmen ist, räumt 1250 er den Keller leer."

„Er ist in die Entführung mit verstrickt."

„Das musst du beweisen. Was macht die Therapie?"

„Die ist für die Katz."

„Du zeigst Nerven."

„Ich komme mir verarscht vor, Chef."

„Okay, lege eine Pause ein, geh ins Leuze Bad."

„Ich bevorzuge die Therme in Böblingen. Was ist mit dem Verfassungsschützer?"

„Carlos Blanc ist eine Ratte, wir müssen beweisen, dass er mit
1260 gezinkten Karten spielt."

Manche sagten, Jason wäre besessen von seinem Job, andere sagten, er sei schizo, spiele zu hart, mit Foul, unnachgiebig, die Mexikaner? Wie waren die?

Diese Verbrecher waren organisiert wie ein Konzern. Das war eine neue Dimension der Kriminalität in der Stadt, die Angst ging um, der mexikanische Henker drehte seine Runde , the Tequila Hang Man wurde er genannt, makaber, am Mittwoch folgte Jason Kraków, er fuhr Richtung Böblingen, Tübingen, in Weil im Schönbuch hielte er an einer Gärtnerei, Männer luden Säcke in
1270 seinen Kofferraum, als abzischte, ging Jason hinein, Mama Mia, das Treibhaus war voller Cannabis Stauden, er schnitt einige Blüten ab, tüte die ein, fotografierte, ein Typ kam, mit einer Knarre, Jason zog seine Walther.

„Kripo Stuttgart. Ich bin nicht an dir interessiert."

„I don't understand, Puto. "

„No problem, I go. Nothing happens, Sir. Peace."

Jason ging hinaus, setzte sich in den Jaguar, brauste davon, in Böblingen holte er sich ein Vesper, beim Metzger Böhm, Stadtgraben Straße, Fleischkäse Wecken, zurück im Auto fuhr er

1280 zum Meilenwerk, vesperte, ein Weißbier fehlte, nach dem Essen rollte er einen Joint, Wow, das Weilemer Weed hatte einen hohen THC Anteil, Jason fuhr zum Präsidium, eilte hinein.

Schirmer grinste.

„Du schon wieder."

„Hier sind Fotos, Proben der Pflanze."

Jason legte alles auf den Schreibtisch.

„Du, was soll ich da jetzt machen, deiner Meinung nach.", fragte Schirmer.

„Eine Razzia auf der Gras Farm. Das ist eine große Anlage, mit
1290 mehreren Gewächshäusern."

„Gut, ich rede mit den Drogen Boys."

„Vorsicht, die sind bewaffnet."

„Die sollen die Sache erst untersuchen, bevor wir losstürmen."

„Du kannst auch das LKA einschalten."

„Die Drogen Unit muss ran an den Speck, und dann heben wir den Betrieb aus. Mit dem SEK. Meine Mutter stammte von Weil."

„Wie geht es ihr?"

„Scheiß Altenheim, das war ein Fehler von mir, sie war bei mir im Haus. Meine Frau und sie verstehen sich nicht. Das besorgte
1300 ich den Heim Platz. Das tut weh."

„Du hast sie abgeschoben."

„Halt die Klappe. Du fährst nicht mehr nach Weil. Du konzentrierst dich auf die Therapie."

Okay, Boss. Was ist los im Fall Kölbl?"

„Wir finden Ulf Schiller nicht."

„Also braucht ihr mich doch."

„Wenn was passiert, geht es auf deine Kappe, mein Name ist Hase, ich weiß von nichts.

„Ade, Hut."

1310 Jason stand auf, ging, kurz angebunden, draußen wartete Moshe Friedman, vom Mossad.

„Und Kollege wie ist der Stadt der Dinge?"

„Noch fehlen Beweise."

„Hinweise?"

„Der Ku-Klux-Klan kommt in Frage. Oder es war eine neue Terror Gruppe aus dem NSU Umfeld. Unser Mann vom Verfassungsschutz Carlo Blanc legt nichts auf den Tisch."

„Gut, ich werde ihn mir vornehmen. Dachte die deutsche Polizei 1320 ist effizient."

„Sind wir, doch die Mühlen mahlen langsam."

Beide stiegen in ihre Autos, Jason reiste zum Heusteigviertel, Besprechung mit dem Team, inzwischen hatte Jason ein Büro angemietet, das Schild glänzte, golden: „Sam Spade Detektei, diskret lösen wir Ihre Probleme, mit modernsten Mitteln, & geschulten Cops". War ein bisschen zu viel. Jetzt hing das Ding am Eingang zum Team Raum. Jason ging hinein.

„Was liegt an, Sam?"

„Jason, Leute, unser wichtigster Fall ist die Sache Kölbl. Wir 1330 müssen den Jungen finden. Und ich hoffe, dass er noch am Leben ist."

Saleh zog Kaffee vom Voll Automaten, Krups, verteilte die drei Becher, Butter Brezeln hatte Naomi besorgt, sie hörten den Polizei Funk, Großalarm, sie gingen in Richtung Altstadt, zum Bolz Platz, am Basketball Korb hing ein Toter, Schirmer war außer sich. Er zog an seiner E Zigarette, stieß Qualm aus der Nase, kleine Wolken. Fratzen. Abstrakt. Expressionismus, teuflisch.

„Was geht ab, Leute? Schick die Presse Fuzzys zum Teufel. Weg
1340 mit dem Publikum auf der Galerie."

Bild Reporter Willy Cohn war hartnäckig.

"Boss, geht es um die russische Mafia?"

„Morgen früh gibt es eine Pressekonferenz, Willy."

„Was ist mit den Anschlag auf die Synagoge?"

„Kein Kommentar."

Schirmer sah Jason und seine Crew an.

„Die glorreichen Drei. VFB hat gegen Bochum 2:1 gewonnen."

„Chef, dies ändert nichts an dieser Tat."

„Das wird das LKA übernehmen, Banden Kriminalität.
1350 Verstanden?"

Jason zog Leine, der Alte war schwierig, Klar Willy Cohn stoppte Jason.

„Was geht hier ab?"

„Nichts, ein Mordfall. Mehr weiß ich nicht."

„Das sind die Russen, Jason."

„Und was ist mit den Italienern?"

„Die halten die Füße still. Ich bezahle dich."

„Scheiß drauf. Ich kann mir eine Curry Wurst pro Tag leisten, und Müsli."

1360 „Komm, wir gehen zum Feinkost Böhm."

„Mann, ich bin nicht käuflich."

„Ich hörte andere Sachen, dass du mit den Russen im Bett liegst."

„Ich bin nicht schwul, Stronzo."

Jason ging weiter, sie fuhren raus, Richtung Flughafen, Cohn nervte, ein wunderbarer Tag, Sonne, blauer Himmel, der Verkehr mühsam, Stop & Go, Stoßstange an Stoßstange, seit die Mexikaner rumeierten, war jede Menge Kokain in der Stadt, Crystal Meth, Cannabis, das ganze Sortiment, jemand verfolgte

1370 sie, ein Mercedes AMG, Coupe, Bill, der Ami, im Trainingsanzug, goldfarben, sie waren am Ziel, das Gelände mit den Treibhäusern. Er stieg aus kam zum Transporter.

„Bist du Jason Mueller?"

„Ja, ich bin es noch immer."

„Ich wollte dich kennenlernen, steig aus, wir drehen eine Runde der Diskretion, um über Geschäfte zu reden. Keine Angst, ich bin unbewaffnet."

Jason stieg aus,

„Ich bin Bill Edda."

1380 „Um was dreht sich die Geschichte?"

„Du kannst viel Geld verdienen. Häng dem Russen was an. Am besten mit einer Zuckerpuppe, er unterhält sich gerne mit schönen Frauen. Und wenn er alkoholisiert ist, redet er zu viel."

„Mann, ich bin kein Ganove, ich bin Bulle."

„Private Eye, wie Sam Spade."

„Im Kuvert sind zehn Riesen drin. Du hast Unkosten. Besorge eine Frau, ein Vollweib."

„Das muss ich mir überlegen. „

1390 „Ködere ihn mit der Alten. Der ist sexbesessen."

„Ich bin mir nicht sicher, ob das funktioniert. Der ist nicht naiv."

„Klaro, du brauchst einen Plan. Schiebe ihm Koks unter."

Bill gab ihm das Kuvert. Jason steckte es ein.

„Und wenn die dir was anhängen?"

„Ich war einmal im Knast, da gehe nicht mehr rein."

„Für wen arbeitest du?"

„Wer am besten bezahlt. Ich besorge den Schnee für dich. Schneewittchen wird die Marke genannt. Das ist ein Konzern, 1400 die das vertreiben."

„Die Mexikaner?"

„Find es selbst raus, Dude."

Er war groß, eine schlaksiger Typ, große Sonnenbrille, mit rotem Gestell. Im Brief ist eine Telefonnummer, rufe die an.

Er stieg in sein Autor, brauste davon, mit quietschenden Reifen. Was war das? In was steckte er da drin?

Er würde weder für die Russen noch den Ami arbeiten. Jason hatte genug, die Typen waren mies, sie hatten keine Angst, er musste es Schirmer melden, denk darüber nach Jason, er 1410 versuchte sie zu beruhigen, mittels Zwiesprache, Gott stehe mir bei. Niemand war da, weder Cannabis Pflanzen noch Personal. Das Team ging hinein. Shit, Kommando zurück, sie setzen Jason an der Therme in BB ab, der war nervös, er brauchte Bedenkzeit, wie konnte er den Hals aus der Schlinge ziehen, er war zu naiv, blauäugig, nahm Geld von Mafioso an, fehlte nur die Spaghettos, Gott sei Dank gab es keine Lira mehr, mit den Kerlen war nicht zu spaßen, er war im Zwiespalt.

6

Frisch und munter kam aus dem Bad, er fuhr mit der S-Bahn, vom
1420 Goldberg, bis zur Stadtmitte, er traf Gise am Bollwerk Kino, Umarmung & Kuss, sie schauten den Tarantino Film, war zu lange, zweieinhalb Stunden, danach Essen im Fellini, Spaghetti mit Garnelen für ihn, sie nahm Nudeln mit Lachs, Merlot Wein.

„Was bedrückt dich Jason?"

„Ich nahm Geld von Gangstern an."

„Wow, das ist gefährlich, das ruiniert deine Karriere."

„Und du?"

„Ich fahr nach Köln, Probeaufnahme für eine Show, Sat1, „Die Beichte", der Liebhaber oder in gestehen den Seitensprung. Sie
1430 sitzen dabei in einem Beichtstuhl."

„Hört sich gut, ich habe mich für Big Brother 20 beworben."

„Echt?"

„Jason Mueller, der Privat Cop. Ich spiele ja auch Gitarre. Ich lasse mein Haar rot färben."

Schirmer kam herein, im Sauseschritt, er bewegte Hundertzwanzig Kilo.

Der Abend war verdorben, er stand vor ihnen, mächtig, wie ein Elefant.

„Die Übergabe des Lösegeld ist übermorgen."

1440 „Lässt du mich überwachen?

„Das muss ich, du bist wie ein kleines Kind."

„Wo findet die Sache statt?"

„Kölbl soll sich in die S-Bahn nach Herrenberg setzen. Er bekommt dann weiter Instruktionen."

„Können wir kurz hinausgehen, Chief."

„Ich bin kein Indianer, oder Sitting Bull."

Sie wackelten hinaus, er saugte an seiner E Zigarette, Jason steckte einen Joint an.

„Mann, du kiffst vor meinen Augen."

1450 „Chef, sie haben mir Geld gegeben."

„Wer?"

„Krakow und Bill Edda."

„Scheiße. Die Kacke ist am Dampfen, und du nimmst es auch noch an, du Idiot?"

„Eine Finte, wir haben die beiden, am Arsch, Strafanzeige wegen Beamtenbestechung, ich war ja mehr oder weniger Undercover."

„Kruzifix nochmal. Du bist erpressbar."

„Ich bringe morgen das Geld ins Büro."

1460 „Nö, behalte es, ich lege ein Protokoll an, datiere es zurück. Du kannst nicht schlafende Wölfe wecken. Wenn ich gegen die beiden vorgehe, fliegst du auf. Ich bezahle dich über meinen Account außergewöhnlich Kosten, für einen Spezial Auftrag, Mission Impossible, da kann mir niemand ans Zeug flicken, gebe das Geld nicht aus, Junge halt die Ohren steif. Später kannst du es mir geben. Momentan spielst das Unschuldslamm."

In Wahrheit hatte er schon Kohle davon verbraucht, eine kleine Summe, das war grotesk, er war Bulle und doch keiner, der Staatsanwalt würde ihm kein Wort glauben, er drückte die Tüte
1470 aus, ging hinein, von dem Tag an fing Jason Basen zu rauchen, Crystal Meth, das war selbstzerstörerisch, eine innere Stimme fragte: „Warum, Jason?"

„Ich kann nicht mehr schlafen, die Sache wurmt mich, raunte ein Ich. „Ich habe ein schlechtes Gewissen."

Schirmer konnte ihn fertigmachen, der war schlau. Er checkte die Tasche seines Sakkos, ja, da waren die Kristalle, die hatte er einem Dealer abgenommen, Jason war auf Abwegen, der Pfad der Hölle, das Inferno öffnete sich, er ging hinein. Diesmal übernachtete er bei ihr.

1480 Jason verfolgte Kölbl, im Westen, Station Feuer See, er war nervös, der Zug kam, beide stiegen ein, wenn er den Fall löste, war sein Standing besser, es konnte mit einem Schlag aufwärts gehen, Naomi und Saleh waren im Urlaub, Wandern auf dem Obersalzberg, auf den Spuren von Adolf, die Bestie, nicht mal Charles Manson konnte ihm das Wasser reichen, Kölbl stieg in Ehningen aus, ging Richtung Friedhof, niemand zu sehen, toten Stille, eine Frau kam, nicht Ulf Schiller, sie trug ein rotes Kleid, zu elegant für eine Beerdigung, Kölbl gab ihr die Aktentasche. Es dauerte, sie stritten, weil der Junge nicht
1490 dabei war. Die Lady zog ab, Jason folgte ihr. Sie stieg in ein Auto, er notierte die Nummer, rief Schirmer an. Kölbl ging zur S-Bahn, Jason wartete auf einen Streifenwagen. Endlich, am Horizont tauchte der Karren von den Kollegen auf. Sie suchten nach einem Mercedes SLK silbergrau, sie fuhren durch Ehningen, nothing, dann der Anruf. Adresse: Böblingen Tannenberg, Panorama Weg. Über die alte B14 weiter, Elbenplatz, rechts, am Kino vorbei, Richtung Schönaich, dann links, Jason drehte eine Runde, studierte Namen an Eingang: Härter, Böckle, er

klingelte. Evi Böckle kam heraus, weiblich, ausladende Hüften,
1500 ein paar Pfunde zu viel.

„Hatten Sie einen weiblichen Mieter?"

„Ja, Frau Schober. Sie ist ausgezogen."

„War sie allein?"

„Sie hatte einen Jungen dabei, ihren Sohn."

Jason zeigte das Foto vom jungen Kölbl.

„Ja, das ist er. Was ist passiert?"

„Ein Unfall. Hat sie die Miete bezahlt?"

„Ja, drei Monate im Voraus."

Jason ging zum Auto, hatten sie in hier versteckt, für einige
1510 Zeit?

Clever, unauffällig. Schiller hatte Komplizen. Sie fuhren nach Stuttgart. Runter in den Kessel, die Uhr tickte, die Zeit rann durch die Finger, beim Breuninger ließen sie ihn raus, Jason ging zum Heusteigviertel, durch die Unterführung. Oben ein Zusammenprall.

„Brauchst du Schneewittchen?", fragte ein abgefuckter Typ, sein Schäferhund bellte.

„Was meinst du?"

„Schnee, Koks."

1520 „Okay. Wie viel kostet der Shit?"

„Achtzig Euro."

„Ich verhafte dich jetzt, Amigo."

Jason legte ihm Plastikfesseln an, durchsuchte seinen Rucksack, dem Hund warf er ein Snicker vor die Schnauze. Er rief die Wache an, ein Streifenwagen kam schnell, die Cops schoben ihn auf den Rücksitz.

„Hasta la Vista. ", knurrte Jason.

Er brachte den Hund zum Bolz Platz, zu den anderen Super Freaks, ging nachhause, entspannen, er entwickelte den Film,
1530 nun hatte sie die Lady in Rot, ein neues Gesicht, die Jagd war noch nicht abgeschlossen, Böblingen Hulb, Krakow traf Smirnoff im neuen Puschkin Bordell, alles auf Pink gestreamt, Wände, Möbel, Betten, im Büro regte er sich mächtig auf. Smirnoff war eine Bulle, muskulös, ein Schwergewicht, mit Lenin Bart, Irokesen Schnitt, rot gefärbt.

„Wir lassen uns nicht das Geschäft von Bohnenfressern verderben."

„Der Bulle frisst mir aus der Hand."

„Wie heißt der?"

1540 „Jason Mueller."

„Und du kannst diesen Ami nicht finden."

„Nein."

„Wir verloren bereits zwei Mann. Schlimm, die hängen den am Sportplatz auf. Diese Barbaren. Und was machen die Bullen, nichts."

Er schenkte von der Wodka Flasche ein, trank, Ex und Hopp.

„Du bist zu vertrauensselig, Serge."

„Quatsch."

„Und wenn der Cop für Bill arbeitet."

1550 „Das finde ich raus, Igor."

„Nastrovje."

Sie stoßen an, soffen sich die Hucke voll, Moshe Friedman, Mossad, war auf dem Truppen Übungsplatz, in BB, er beobachtete eine Nazi Gruppe, die feierte, Stadelheim war unter ihnen, einige vom Klan, er musste sich einen krallen.

„Kameraden, Deutschland gehört den Deutschen. Prost, zur Mitte, zum Sack, zur Titte.", rief Stadelheim, mit der Jack Daniels Flasche in der Hand. Moshe fotografierte. Laute Heavy Metall Musik. Sie tanzten, einer kam auf ihn zu, der Agent
1560 überwältigte ihn, Bad Game, Knarre in der Hand.

„Junge, du bist bestimmt vernünftig, glaube ich, machst keinen Ärger."

Moshe brachte ihn zum schwarzen GM SVU, mit getönten Scheiben, er fuhr nach Vaihingen, zum Hauptquartier, Africom, Patch Baracks, hielt vor einem Gebäude, brachte ihn rein, in ein Zimmer der MP, kettete ihn an den Tisch, steckte eine Caballero Kippe an, die er in Amsterdam gekauft hatte.

„Wie heißt du?"

„Adi Hirmer."

1570 „Wo wohnst du?"

„In Böblingen, Diezenhalde, bei Mama."

„Wer ist euer Boss?"

„Stadelheim."

„Und der wohnt in BB?"

„Ja, Achalm Straße, Sir."

„Und ihr hasst Ausländer?"

„Nein, wir machen Party und Saufen, grillen, hören Musik."

„Das hörte ich. Und wer legte die Bombe vor der Synagoge?"

„Keine Ahnung."

1580 „Du redest dich um Kopf und Kragen. Schonmal was vom Mossad gehört."

„Ja, Eichmann Entführung."

„Was ist dein Job?"

„Ich bin Bäcker, beim Sehne in Ehningen."

„Gib mir Namen, wer das Attentat ausführte."

„Stadelheim dreht Dinger, die er nicht erwähnt, er lässt uns im Dunklen."

„Gut, ich habe Zeit."

Moshe verließ das Verhörzimmer, die MP brachte Marines rein,
1590 junge Burschen, von der Panzerkaserne, voll betrunken, die waren im Donovan Pub in BB, zu viel Wodka und Guinness im Blut. Bill kam, der Zugang zur Kaserne hatte. Der Agent steckte eine Kippe an, holte einen Maxwell Pulverkaffee von der Thermoskanne, ohne Zucker, ein Spritzer Milch, er setzte sich, eine Kuckucksuhr hing an der Wand.

„Und Bill, was gibt es Neues?"

„Well, das war ein Einzeltäter. Ein Radikaler Adrenalin Typ."

„Finde ihn."

„Versuche ich, bin voll beschäftigt, mit der Tortilla Bande."

1600 „Mach dir die Hände nicht schmutzig."

„Geht in unserem Geschäft nicht. Moral verwirrt uns nur."

„Hast du eine Holländische?"

Moshe klopfte auf die Schachtel, hielt sie ihm hin.

„Amsterdam war geil.", raunte Bill.

Moshe gab ihm Feuer mit dem Zippo Feuerzeug, Bill saugte den Rauch ein.

„Wie viel bezahlen sie dir?"

„Ist doch egal. Ich war schon in Mexiko denen am Arsch."

„Hast eine gute Legende, Aufenthalt in Mannheim, Privatier. Ex
1610 Marine."

„Ja, vergiss nicht, den Besuch der Irren Anstalt Calw Hirsau."

„Was ist mit David?"

„Er war dort, er hat MS, war bei der Spezial Einheit in Calw, wo er wohnt. Er war in Mali, Panama, Irak mit dabei. Der Ofen ist aus für ihn."

„Wo hast du ihn getroffen?"

„Beim Kiosk. Er war in der 5b. Ich war ja in der Forensik. Klar, ehrlich gesagt, ich habe Scheiße gebaut, mit Drogen, wurde verurteilt. Ich zweigte was ab von den Mexikanern,
1620 arbeitete auf eigene Rechnung, da ich pleite war. Es ist immer auch Zufall mit ihm Spiel, Mierda. Das passte zusammen, nach deinem Anruf."

„Und der CIA?"

„Kein Verlass auf die Brüder, sie benutzen dich, werfen dich weg. Bingo."

„Und wie geht es ihm?"

„Er hat einen Gehstock. MS ist Scheiße, Mann."

„Gut, ich dachte, warum meldete er sich nicht."

„Nichts geht mehr, alles andere wäre russisches Roulette."

1630 „Ja, er hat eine gute Tarnung."

„Er ist verbrannt. The End, my Friend."

„The Doors, wie in Apocalypse Now."

"Geiler Film, mit Marlon Brando, Martin Sheen. Coppala war faktisch bei den Dreharbeiten bankrott, er hat sein Anwesen verpfändet."

Moshe ging zurück, Bill kaufte im PIEX Marlboro und Jim Beam Whisky. Würde der Nazi singen? Auspacken? Was auf den Tisch legen?

Jason wusste von dem Komplott nichts. Die Fahndung lief auf
1640 Hochtouren, sie mussten den Kölbl Jungen finden, der alte Herr war enttäuscht, er hatte Cash bezahlt und nichts rührte sich. Schirmer ließ Jason gewähren, weil er ihn brauchte, er war einer seiner besten Männer, das LKA fahndete auch, eine ganze Armee war auf Pirsch, das Team fuhr nach Böblingen, suchte den Tannenberg ab, Straße um Straße, stopp in der Achalm Straße, Haus von Stadelheim, nichts, keine Spur von der Lady in Rot, Besuche von Hotels, mit dem Foto in der Hand, dann zum Bürgeramt, Marktplatz, sie war noch gemeldet, Panorama Weg, Mittagessen im Hotel Reußenstein, Rostbraten, mit
1650 Bratkartoffeln, jeder ein Glas Trollinger, Gise war abweisend am Telefon, jeder war für sich einsam, jeder auf seine Weise, das lag auch am Beruf, viele Überstunden, Arbeit am Wochenende, zu viel Alkohol, Weed, Sex to Go, auf die Schnelle, in einem Bordell, all diese sauste Jason durch den Kopf, er bereute, dass er der Polizei beitrat, bekam Depressionen, je stärker die wurden, um so mehr trank er, oder rauchte Cannabis, dann die ersten grauen Haare, das Altern war nichts für Feiglinge, und der Misserfolg, sie fanden den Jungen nicht, was hatte Ulf Schiller vor? In welcher
1660 Verbindung stand er mit der Frau in Rot?

Fragen über Fragen, ein Misthaufen, der zum Hügel wurde, er brauchte eine Glückssträhne.

„Was ist los, Jason?“, fragte Naomi.

„Nichts, ich bin etwas abgeschlafft.“

„Der Fall macht dir zu schaffen.“

„Ja, es geht nicht voran.“

„Die Krimis, wie Tatort, da sieht alles einfach aus.“

„Setzt mich am Golf Platz in Weil im Schönbuch ab.“

„Und wie kommst du nach Stuttgart.“

1670 „Mit dem Taxi.“

„Das wird teuer.“

„Ich lasse mich nicht vom Geld regieren.“

„Was ist mit deiner Freundin?“

„Weiß nicht. Läuft nicht so, wie es sein sollte.“

Das Handy klingelte, es wurde nichts aus dem Golf, eine Schießerei im Puschkin, auf der Hulb, Jason bezahlte, ging kurz in die Küche, zum Chef, Timo Böckle, mit dem er auf der Jagd war, sein kahler Schädel glänzte, Jason sagte, Ade. Kurze Umarmung, der Koch war kühl, dann ab nach Kassel. Ein
1680 mächtiges Polizei Aufgebot, Reporter, Sanitäter, Notarzt. Jason zückte seinen Ausweis, ging hinein, drei Tote, zwei Frauen, ein Aufseher, ein Blutbad, grausam, entstellte Körper, Krakow tauchte auf.

„Jason, was ist mit Bill und den Mexikanern los?“

„Den Fall wegen dem Toten am Bolz Platz bearbeitet jetzt das LKA.“

„Wo steckt der Scheiß Ami?“

„Sorry. Ich konnte ihn bis jetzt nicht finden.“

„Arbeitest du für ihn?"

1690 „Nein, bist du verrückt."

„Wenn ich es herausfinde, bist du ein toter Mann."

„Das wäre dein Ende."

Krakow hustete, schaute finster, grinste.

„Wenn du mir seine Aufenthaltsort lieferst, bekommst du eine Prämie. Ich hörte, er arbeitet für einen Geheimdienst."

„Scheißhaus Parolen. Behalt dein Geld. Ich war nie scharf auf Kohle. Ich bin Kommunist."

Krakow lachte, sein Gesicht wurde zur Grimasse, dann holte er tief Luft, überlegte kurz, bis die Worte aus ihm
1700 herausbrachen.

„Mann, fünfzigtausend Euro willst du herschenken. Das ist ein Witz. Du musst ihn nicht umbringen, verdammt."

„Gib das Geld der Caritas."

„Du weißt nicht, mit wem du es zu tun hast."

„Ich wäre vorsichtig, das LKA wird auch dir auf die Finger schauen."

„Dann bist du auch dran."

Jason drehte sich um und ging hinaus, die Sache war brenzlig, da der Russe aussagen konnte gehen ihn, beim LKA, Gott, er
1710 hatte immer Glück im Leben gehabt. Setz dein Poker Face auf, lade den Colt. Würde Schirmer ihn fallenlassen, wenn es hart auf hart kommt?

Die Kollegen setzten ihn am Heusteigviertel an, er ging zum Bix, Mark Lettieri, Snurky Puppy, spielte, ein Gitarrist, er bezahlte Eintritt, setzte sich, bestellte einen Gin Tonic.

Toller Sound, mit Schwung, Funk Elemente, schnelle Finger zum Greifen von Akkorden, Riffs, die Tonleitern rauf und runter, nach einer Stunde bezahlte er, auf der Terrasse rauchte er noch einen Joint. Am Imbiss vom Brunnenwirt haute er Pommes
1720 mit Mayo und eine Curry Wurst rein, Ghana Lady winkte ihm, er ging zu ihr.

„Kommst du mit, Jason?"

Er nickte, war voll, fünf Long Drinks intus, plus Weed im Blut & Alkohol. Sie betraten das Schiller, die Treppe hoch, hinein ins Vergnügen, kleine Bude, sie zog sich aus, Jason gab ihr einen Huni.

„Die siehst einsam aus."

„Ja, bin ich, melancholisch, Baby."

„Du musst öfters zu mir kommen."

1730 „Mach ich."

„Zieh dich aus. Willst du ein Bier?"

„Ja, gut."

Sie öffnete den Kühlschrank, öffnete das Bier, gab die Flasche ihm.

„Was willst du schönes haben?"

„Prostata Massage."

„Okay, leg dich hin."

Sie streifte einen Vinylhandschuh über, und die Post ging ab, sie beherrschte ihr Geschäft, ein afrikanisches Vollweib,
1740 später wankte er nachhause. Der Hunderter hatte sich gelohnt.

7

Am Morgen hatte er einen Kater, Aspirin auflösen, Kaffee kochen, bald war der Sommer vorbei, die Nächte wurden kühl, er zog seine schwarze Trainingsjacke an von Adidas, als erstes rauchte er zwei Kippen, ging zum Briefkasten, einiges an Post, und die Stuttgarter Zeitung. Zurück bereitete er sein Bircher Berner Müsli zu, er schälte einen Apfel, dann über die Reibe, Haferflocken, griechischer Joghurt, Honig, Haselnüsse, Klasse Frühstück, danach stemmte er Gewichte, zog die Boxhandschuhe
1750 an, drosch auf den Punching Ball ein, fit für den Tag, die Kopfschmerzen verschwanden, duschen, rein in den Anzug.

Er fuhr im Jaguar nach Böblingen, Panorama Weg, Böckle, er klingelte, der Chef öffnete, der Kugelblitz.

„Ist die Wohnung vermietet, in der Frau Schober wohnte?"

„Sie ist frei. Wollen Sie die mieten?"

„Nein, ich bin von der Kripo Stuttgart, ich wollte sie mal unter die Lupe nehmen."

„Ach ja, meine Frau hat von Ihnen erzählt. Kommen Sie rein. Sie kam mir merkwürdig vor."

1760 „Wieso?"

„Wenn ich sie traf, grüßte sie nicht. Und redete mit mir nicht. Und wer bezahlt die Miete schon im Vorab."

„Wenn Sie sie in BB sehen, rufen Sie mich bitte an."

„Geht klar, Meister."

Er brachte ihn runter, ins Kellergeschoss. Jason schaute sich um. Eine Karte fand er vom Frisör Keller, auf einem Zettel eine Handy Nummer, eine Box von KFC.

Jason steckte die Zettel ein.

„Nun, das reicht."

1770 „Was hat sie verbrochen?"

„Darüber darf ich nicht reden, aus Ermittlung taktischen Gründen."

Sie gingen hoch, Jason sagte Tschüss, im Transporter saßen Saleh und Naomi. Er briefte sie. Jason rief die Nummer an:

„Schiller, wer ist dran? Rita?" Jason legte auf. Er fuhr nach Stuttgart zum Präsidium. Das Team reiste zum Meister Keller Salon, Sindelfinger Straße, danach Kentucky Fried Chicken abklappern, brachte nicht viel, es gab komische Zufälle. Vielleicht hatte die Schober beim Coiffeur zu viel geplaudert.
1780 Und Menschen ging oft in dasselbe Restaurant, dies waren Routine Besuche. Alltag, Tagwerk. Er fuhr über Stuttgart West, parkte, ging zum Büro vom Alten. Schirmer vesperte, Schnitzel Wecken.

„Und Sony Boy? Was gibt es zu besprechen?"

„Mit dieser Nummer erreichte ich Schiller."

„Klasse, ich ruf die IT Abteilung an. Die sollen Schiller orten."

„Soll ich nicht besser die Kohle bei dir abgeben."

„Quatsch, die beiden verschwinden von der Landschaft. Dieser
1790 Scheiß Ami und der Mister Wodka."

„Wie?"

„Ein Schuss ein Schrei, wer wars, Karl May."

„Bist du vom Teufel besessen."

„Jason, nimm die Sache in die Hand. Anders kommst du nicht raus aus dem Schlamassel. Du siehst übernächtigt aus."

„Ich machte einen drauf."

„Das musst du öfters machen, um aus dem Tief zu kommen, oder suche dir eine Braut zum Heiraten, Bursche, wir werden älter."

„Das ist eine banale Erkenntnis, Chef."

1800 „Du bekommst graue Haare."

„Das ist der fucking Stress."

„Ich rufe dich an, wenn ich ein Ergebnis mit der Nummer habe."

„Okay, Ciao."

„Reite nach Laramie, Cowboy."

Jason zischte ab, er fuhr zum HBF, parkte beim Zeppelin Hotel, ging in das Blockhouse Restaurant, Rinder Medaillon, mit Baked Poatoe, ein Radler, er saß auf der Terrasse, Blick zum Bahnhof, er checkte seine Beretta Pistole, und den El Chapo Colt, beide solide, er hatte die Glock noch in Reserve, das 1810 Pump Gun benützte er ungern, Carlos Mendez war in der Stadt, der war früher im Juarez Kartell, Leutnant, nun expandierte er, global, El Chapo hatte Löcher hinterlassen, nachdem er an die Amis ausgeliefert wurde, neue Player bestimmten das Spiel, das einst beschauliche Deutschland veränderte sich. Ja, klar, der beste Drogen Markt war noch immer die USA.

Fuck, der Gangster wohnte im Schlossgarten Hotel, Jason ahnte das nicht, obgleich er so nah dran war, sein Essen kam, gute Qualität, geile Kellnerin. Brown Sugar war viel auf dem Markt, Crystal Meth, Schnee. Nach dem Mahl ging die Osram Birne in 1820 seinem Kopf an. Bill kam die Unterführung der Klett Passage hoch. Wie immer trug er einen schäbigen Training Anzug, er ging in das Schlossgarten Hotel rein, Jason ging in das Café, eine Sacher Torte und ein Kaffee. Bill setzte sich zu Mendez, das Staatstheater stand noch, und das S21 Loch und der Zaun im Park. Cocain, von J.J. Cale hörte der Detektiv, nachdem er seine Ears aufgesetzt hatte. Jason versteckte sich hinter der

New York Times, bis sie weg waren, er reiste im Auto zur Altstadt, er parkte bei der Leonards Kirche, ging zu einem Dealer.

1830 „Hast du Schneewittchen?"

„Ja, wie viel?"

„Eine Einhaut."

„Achtzig Euro."

Jason zückte seinen Ausweis.

„Kripo Stuttgart."

Er zuckte zusammen.

„Mann, du hast mich verarscht."

„Wer ist dein Lieferant?"

„Der tötet mich."

1840 „Entweder du singst, oder es geht zur Wache."

„Mendez heißt der Typ."

„Direkt von ihm?"

„Nein, ein Deutscher verteilt die Ware."

„Wie heißt der?"

„Pippo Basten."

„Wo treffe ich ihn?"

„Gegen zweiundzwanzig Uhr taucht er auf, im schwarzen Mercedes SVU."

Gise kam, überraschend, vom Breuninger Parkhaus.

1850 „Wo willst du hin?"

„Ich wollte mit dir reden."

„Schieß los."

„Mein Sohn ist in böse Kreise reingerutscht."

„Du hast einen Sohn, wusste ich nicht."

„Mike. Ist kurz vor dem Abitur."

„Nimmt er Drogen ein?"

„Ja, er sieht nicht die Gefahr, die drehen Dinge."

„Drehen, was?"

„Ich hörte, über eine andere Mutter seiner Klasse. Sie sind in
1860 eine Apotheke eingebrochen, ob Mike dabei war, weiß ich nicht. Er war seit Tagen nicht Zuhause."

„Gut, haben die eine Stammkneipe?"

„Früher im Oblamow."

„Hast du ein Foto?"

„Ja, hier."

Jason betrachtete die Aufnahme, ein Milchgesicht.

„Gut, ich schaue mich um."

„Kowalski und Pure Klub kommen auch in Frage. Zeitweise waren sie in der Boa."

1870 Sie küsste ihn, ging zurück, runter in die Unterführung, Shopping, Jason drehte eine Runde, genug Junkies waren unterwegs, er überquerte die Hauptstätter Straße, ging zum Schlosspark, Romas hingen auf der Wiese ab, Minimum fünfzig Personen, er las nochmal das Manifest der Attacker, Moshe verhörte Adi Himmer, von der Kameradschaft. Bill war in der Gay Sauna Klub Viva, Charlotten Straße, die um vierzehn Uhr öffnete, jeder nach seiner Façon, Mendez traf seinen Capo Pippo Basten, um den Vertrieb zu organisieren, Schirmer saugte

an seiner E Zigarette. Er hatte Besuch, Carlos Blanc, vom
1880 Verfassungsschutz.

„Der Mossad hat hier einen Agenten platziert."

„Naja, so sind sie, die Israelis. Hart, aber herzlich. Halte ein Auge offen, schau, was er so treibt."

„Er arbeite vom Africom in Vaihingen aus."

„Hat er ein Lead?"

„Einen von der Kameradschaft dreht er durch die Mangel."

„Der wird wissen, wie es geht, notfalls Folter."

„Das könnte sein."

„Und was ist deine Rolle bei den Nazis?"

1890 „Nun, ich habe einen Informant, daher weiß ich es."

„Bist du ein Nazi?"

„Ich wähle die AFD."

„Meuthen, den Knallfrosch?"

„Nein, die Blonde finde ich gut."

„Die Waibel. Reden kann sie, okay, danke für den Besuch."

Carlos haute ab, Schirmer vertraute ihm nicht, die Welt zwischen Gut und Böse, Mendez & Pippo im Hotel Zimmer, Tequila Flasche auf dem Glastisch, Ruhe vor dem Sturm, das Bild von Picasso passte, Guernica, Krieg, sie hassten die Russen.

1900 „Wir müssen die schwächen."

„Bill soll Krakow umlegen."

„Ich traue ihm nicht."

„Gut, schick den Tequila Hang Man los."

„Bill hat doch den Cop gekauft."

„Was Bill so erzählt."

„Gut, mach eine Liste, wer dran ist. Auf den Galgen muss."

„Wer, Cefe? "

„A Krakow, B Bill. Eleminieren. Bill kann uns gefährlich werden."

1910 „Und der Bulle?"

„Er weiß, wo Bill steckt."

„Gut, ich rede mit Jakob Toro. Der wird den Job machen."

„Ramos, leg los."

Pippo stand auf und verschwand im Lift, durchquerte die Rezeption. Er rief Toro an, der war in Juarez, Befehl, Ticket am Airport abholen, nach Dallas, Detroit, Frankfurt. Basta. Befehl vom Paten. Todeskommando. An Ending von Brian Eno, er stülpte den Bluetooth Kopfhörer über den Kopf.

Mike, der Sohn von Gise, traf Bill im Sauna Viva, sie gingen 1920 später zum Schlosspark, Sex in Büschen versteckt, rauchten Cannabis.

„Ich will weg von hier, meine Mutter nervt."

„Gehe in die USA, das Lander der Freien."

„Und die Papiere? Was ist mit dem Visum?"

„Scheiß drauf. Du bist kein Latino oder Mexikaner. Die Bullen lassen dich in Ruhe als Weißer. Dann schnappst du dir eine Frau, heiraten, dann bekommst du die Green Card."

„Hört sich einfach an."

„Ist es auch, wenn du den Mut dazu hast, das durchzuziehen."

1930 „Lieber heute als morgen."

Sie gingen zum Frühstücken in das Café vom Schlossgarten Hotel, Omelette, Kaffee, Müsli, Früchte, wie Melonen, Trauben. Ein guter Anfang für den neuen Tag, Jason war im Präsidium, beim dicken Schirmer.

„Hat die Mordkommission Beweise gefunden im Fall des Metzgers Kübler?", fragte Jason.

„Ach, der vom Camping Platz."

„Genau, hängt mit Schiller zusammen."

„Du bearbeitest eine Akte, liest, legst die auf den Stapel, 1940 neue Fälle kommen, die wichtiger sind. Wie der tote Russe, der am Basketballkorb auf dem Bolz Platz hing."

„Ich wette eins zu tausend, dass ihn Schirmer umgelegt hat."

„Was ist mit Stadelheim?"

„Kommt auch in Frage."

„Jason, such den jungen Kölbl. Zerbreche dir nicht den Kopf über andere Dinge."

„Verdammt, der Junge ist tot."

„Dann finde die Leiche. Das sind wir Kölbl schuldig."

Jason machte sich auf die Socken, er musste die Frau Rita 1950 Schober finden, unbedingt, er fuhr nach BB, im Karacho, wie Speedy Gonzales, hinter ihm der Ford Transporter, mit Naomi und Saleh, Geld hatten sie noch, Kölbls Spende war großzügig gewesen, er hatte viele Immobilien in der Innenstadt, er war befreundet mit Piech Junior, dem der Feinkost Böhm gehörte, er stammte aus der Porsche Dynasty ab, leider war der Alte gestorben, der frühere CEO von Volkswagen.

Seit Tagen verfolgte ihn der blöde Bild Reporter, Willy Cohn, Jason hielt an, ging zu dem Auto des Journalisten.

„Willy, was willst du?"

1960 „Ich will dabei sein, wenn du den jungen Kölbl findest."

„Mach dich aus dem Staub. Das ist Polizeiarbeit, fucking hell."

„Hier meine Karte, ruf mich an."

Jason steckte sie ein, Cohn brauste davon, ohnehin war es merkwürdig, dass der sich ein Porsche 911 leisten konnte, der hatte Dreck am Stecken, Jason ging zurück, fuhr weiter, bestimmt waren die beim KFC, in Sindelfingen, endlich Land in Sicht, das Mercure Hotel, immer geradeaus, parken, rein in den Fast Food Laden, Hühner Schlegel paniert, Kartoffelbrei, Soße

1970 zum Dippen, great Day in the Office,

sie fuhren zum Burger King, parkten, alles ist Gottes Hand, sie kam in einem Mercedes SLK Sportwagen, sie stiegen aus.

„Sie sind verhaftet."

Saleh legte Handfesseln, sie fuhren mit ihr im Gepäck zurück, zum Präsidium. Rein ins Verhörzimmer. Franz Kirsch vernahm sie, sie sahen von außen zu.

„Sie haben Geld in Empfang genommen, auf dem Friedhof Ehningen."

„Beweisen Sie das."

1980 „Frau Schober Sie kommen in U-Haft."

„Wegen was?"

„Beihilfe einer Entführung und Mord."

„Was? Ich habe das Geld im Auftrag geholt."

„Für wen?"

„Ich kenne den Namen nicht."

„Und was ist mit dem Jungen, mit dem Sie unterwegs waren?"

„Davon weiß ich nichts."

„Wir haben Zeugen, sie wohnten mit ihm in einer Wohnung im Tannenberg Viertel in Böblingen."

1990 „Das ist kein Verbrechen."

„Doch, es handelte sich um den Entführten. Wenn Sie gestehen, kann das strafmindernd sein."

„Leck mich am Arsch."

„Sie machen einen Fehler, weil Sie wütend sind. Wo steckt Ulf Schiller?"

„Ich kenne ihn nicht."

„Wer war ihr Kontakt Mann oder Person?"

„Mich sprach eine Frau an, ob ich den Job erledigen kann."

„Wie schaut die aus?"

2000 „Brünett, schlank. Grüne Augen. Gute Kleidung. Marken Artikel. Prada. Gucci."

„Wo trafen Sie die Frau?"

„Im Burger King."

„Gut, wir machen eine Pause."

Franz Kirsch kam heraus.

„Harte Nuss.", raunte Schirmer. „Gut gemacht, Jason."

„Sie lügt.", warf Franz ein.

„Möglich ist alles. Lass ein Bild vom

Zeichner anfertigen von der ominösen Frau. Sie bleibt in U-
2010 Haft."

Jason zog Leine, mit der Crew, sie hatten Glück. Die Lady in Rot saß im Bau. Das war ungemütlich. Gise meldete sich, Treffen im Breuninger, in Karls Kitchen.

„Was ist los?"

„Er hat Schmuck gestohlen, ein Armreif, aus Gold, mit Diamanten."

„Hat er einen Kumpel"

„Ja, Jos Bosman."

„Wo wohnt er?"

2020 „Stuttgart West, am Feuer See, Nähe der Roten Kapelle. Ludwig Straße."

„Gut, ich werde ihn aufsuchen. Was ist mit uns?"

„Ich weiß nicht, das war Sex to Go. Bei einer Beziehung sehe ich schwarz."

„Gibt es noch einen anderen."

„Ja, er ist Musik Lehrer für Saxofon an der Musik Schule."

Pech gehabt, einsam war sein Weg, Bullen hatte oft Beziehungsstress. Sie bestellte Wok Gemüse, Jason die Thai Suppe, Tom Kha Gai, plus Aqua, Jason nahm noch das
2030 Rahmschnitzel, mit Wirsing, Kartoffeln. Great Food. Er war satt. Happy.

Zuhause öffnete er den Briefkasten, ein Drohbrief unter den Kuverts: „Halte dich raus, du Narr, du schaufelst dein eigenes Grab, bestelle eine Marmor Platte, hier ruht Sam Spade. Grandmaster Ku-Klux-Klan."

Fuck, witzig, kam das von Ulf Schiller? Stadelheim?

Im Westen, Jason klingelte, Jos Bosman öffnete.

„Tag, ich suche Mike."

„Wer bist du?"

2040 „Der Freund seiner Mutter. Wo treibt er sich rum?"

„Im Schlosspark, er macht auf moderner Hippe. Hat nichts mehr, halt Klamotten und Rucksack. Seine Fender Gitarre hat er im Drogenrausch zerstört. Schlimm ist. Er verkauft seinen Arsch."

„In wie fern?"

„Er verkauft sich an Homosexuelle. Er kifft zu viel, er hatte eine Psychose, bestimmt ist er auch Crystal Meth, auf Ice, er war mager, im Gesicht gezeichnet, schwarze Zähne. Er redete von Bill, ein Ami, er sagte, es sei verknallt."

„Er geht auf den Strich, meinst du?"

2050 „Man kann sagen Part Time."

„Okay, danke."

„Und was bekomme ich als Belohnung?"

Jason zückte die Geldbörse, reichte ihm fünfzig Euro und seine Handynummer Karte, auf der nichts von Kripo, oder Detektei stand.

„Wenn er auftaucht, melde dich."

„Das kostet aber hundert Euro, ich bin kein Verräter. Du bist ein Bulle, ich habe dich gesehen, wie du einen verhaftet hast, an der Leonards Kirche."

2060 „Ich bin privat hier, im Auftrag der Mutter. Gise und ich kennen uns schon lange, Okay. Bis dann."

Jason auf dem Rückzug, ein Anruf, er fuhr zum Marktplatz ein Toter hing am Fahnenmast. Ein Aufgebot war da, Leichenwagen, Fotograf, Spurensicherung, SEK, Polizisten riegelten den Platz ab, das war eine neue Dimension der Kriminalität in Stuttgart. Der OB Kuhn redete mit Schirmer am Portal zum Rathaus.

Carlos Blanc kam, der Schnüffler, Fuchs Gesicht, mit Fledermaus Ohren, Schirmer stolperte die Treppe herunter.

2070 „Carlos, was hast du zu erzählen?"

„Beim Klan ist einer vom der Spezial Einheit der BW dabei."

„Das hört sich nicht gut."

„Wahrscheinlich sind mehrere Soldaten dabei von Calw. Zeppelin Kaserne. Fredberg."

„Sind die im Klan?"

„Ja. Ich hörte sie gründeten, eine Terror Gruppe, die wäre noch gefährlicher als die NSU."

„Und die Kameradschaft?"

„Die haben sich mit dem Klan zusammengeschlossen."

2080 „Und die Rocker?"

„Einzelne gehören zu der neuen anarchistischen Armee."

„Wie heißen die?"

„White Race Army."

Schirmer und Jason gingen zur Seite.

„Ich habe eine Drohung vom Klan erhalten."

„Die Entführung diente der Geldbeschaffung."

„Könnte sein."

„Du musst dich in Acht nehmen, die sind gefährlich."

„Das werde ich."

2090 „Hast ja einen Waffenschein."

„Chef, ich bin Cop. Ich bin im Schützenverein Ehningen, ich benötige von euch nichts."

„Ja, du bist ein Waffen Narr, das sagte mir ein Kollege."

„Bau keine Scheiße."

„Haben die hier eine Botschaft hinterlassen?"

„Die Justiz ist nicht in der Lage uns zu schützen, und schiebt kriminelle Flüchtlinge nicht ab. Die Einwanderung von Verbrechern wird nicht gestoppt, die unsere Sozialsysteme in Wanken bringen, parasitär. Deutschland soll weiß bleiben.
2100 Love. The Tequila Hang Man."

„Das ist ein Copy Cat, Nachahmer."

„Wir müssen erst die ID des Toten rausfinden, und ob er schon vorher tot war."

„Das hat mit den Mexikanern nichts zu tun. Die wissen nichts von unserer Politik, der Einwanderung und Flüchtlingen."

„Wen hast du im Verdacht?"

„Dies war der Klan und die Gruppen um sie herum."

„Terroristen. Ich rufe das LKA an."

„Bei Carlos Blanc weißt du nicht, woran du bist."

2110 „Alleine schaffst du das nicht."

Jason fuhr zur Praxis von Dr. Tina Motz, zum Furtbach Krankenhaus, die Alte ließ ihn warten. Er blätterte in der Bild Zeitung, war kein schöner Anblick, wenn einer am Fahnenmast hing. Sie holte ihn, sie gingen in ihr Büro.

Sie sah in den auf den Bildschirm.

„Nun, die Blutwerte enthalten THC, Herr Mueller, und die Tabletten nehmen Sie auch nicht ein."

„Ich bekam vom Lithium Dünnpfiff, und meine linke Hand zitterte wie bei einem, der an Parkinson erkrankt ist."

2120 „Ja, das sind bekannte Nebenwirkungen, das geht weg, man muss sich an Medikamente gewöhnen."

„Das Cannabis hilft gegen die Depressionen."

„Ich rate zum Klinik Aufenthalt."

„Habe ich da Ausgang?"

„Ja, wo wäre das."

„Hier stationär, damit sammeln Sie Punkte."

„Okay, ich werde es mir überlegen."

„Haben Sie noch genug Tabletten?"

„Ja, sicher."

2130 „Gut, nehmen Sie vom Lithium je täglich eine halbe ein."

„Gut, wann ist der Prozess beendet."

„Wenn Sie gesund sind, Depression ist eine schwere Krankheit. Bei Ihnen ist es Bipolare Störung, früher manisch-depressiv genannt."

„Soll Kokain versuchen?"

„Wie kamen Sie auf die verwegene Idee?"

„Ich las Texte von Sigmund Freud, er exprimierte mit Schnee. Und wenn ich kiffe, dann geht es mir besser."

„Sie können von dem Stoff eine Psychose bekommen."

2140 Sie stand auf, brachte ihn zur Tür, klar, Jason steckte draußen einen Joint an, er fuhr zum Feinkost Böhm, Michael Sturm saß an der Bar, der Galerist von Degerloch, langes Haar, bulliger Typ, Feinschmecker, das Rinder Tartar war Klasse, Grauburgunder kauen, Gaumen Kitzel.

„Na, Inspektor Derrick?"

„Er war Oberinspektor."

„Wird dich der Tequila Hang Man besuchen?"

„Mich haben einige auf dem Kicker."

„Ist die Story wahr?"

2150 „Ja, leider. Der neuste Fall, das ist ein Nachahmer."

„Verrückt. Der reine Wahnsinn."

„Wir sollten mal Vincent Klink besuchen."

„Ich fliege nach Peking, später, sprechen wir das ab, wenn wir uns hier treffen."

Beide gingen, Jason fuhr zum Präsidium, Verhör Rita Schober, noch immer trug sie das rote Kleid, sie war attraktiv, Franz Kirsche holte Jason rein.

„Sie will mit dir reden."

„So Frau Schober, haben Sie sich alles durch den Kopf gehen 2160 lassen?"

„Ich bin nicht schuldig."

„Jeder ist schuldig und in etwas verstrickt, der im Gefängnis eingebuchtet ist."

„Wie heißt die Frau, mit der Sie in Kontakt waren?"

„Ronja Dumas."

„Wo trafen Sie die Dame?"

„Im Mercaden, erster Stock Eissalon."

„Wo wohnt sie?"

„Ich weiß nicht."

2170 „Frau Schober Sie lügen."

„Er bringt mich um."

„Wer?"

„Für den Ronja arbeitet."

„Wie schaut sie aus."

„Blond, blaue Augen, Pagenschnitt."

„Abführen." , rief Franz.

Sie weinte. Es regnete Tränen, ihr Make Up schmolz dahin, zu einem abstrakten skurrilen Bild.

„Frau Schober geben Sie uns mehr Information und es geht für
2180 Sie gut aus. Dazu haben Sie die Chance beim nächsten Verhör."

Zwei Beamte führten sie hinaus, zum Auto der JVA, ab in den Knast, Schirmer kam, zog an seiner E Zigarette.

„Sie vertraut dir."

„Die Zeit von jetzt, bis zum nächsten Gespräch wird für sie hart, ihr Gewissen wird sie quälen."

„Gute Taktik."

„Ich melde das Böblingen, die sollen das Mercaden überwachen."

„Okay, gute Idee, Chef."

Sie trennten sich, Jason fuhr im Jaguar nach BB, parkte im
2190 Parkhaus des Einkaufzentrums, kaufte im Erdgeschoss bei Edeka ein, fuhr über die Rolltreppe in den ersten Stock, setzte sich im Eissalon. Eisbecher Amarena, Espresso.

Die Liste: Stadelheim, Ulf Schiller verschwunden, den Jungen nicht gefunden, Schober plaudert, ein wenig, neues Target, die Blonde, fünfzehn Tonnen Kokain wurden auf einem Container Schiff in die USA gefunden, in Kolumbien werden pro Jahr 750 Tonnen Koks produziert, mehr als zu Zeiten von Pablo Escobar, er war es leid, diese Verbrecher Jagd, fing man einen, tauchte der Nächste auf, konfiszierte man Drogen, kamen neue in die
2200 Stadt, die Gesichter wechselten, die Fliegen verschwanden, die Scheiße blieb dieselbe. Der Job laugte ihn aus, trotz Therapie, weil er zu viel kiffte, um die Depression zu vertreiben. Die Haare färbten sich grau, man brauchte ein Gebiss. Naja, jedem wurde die Rechnung am Ende präsentiert. Er rappelte sich hoch, ging zur Rolltreppe, rauf ins Parkhaus.

Siehe es, als Neuanfang. Neues Spiel, neues Glück. Aber es lief anders. Zwei Maskierte tauchten auf, als er ins Auto steigen wollte. Sie schlugen ihn zusammen. Er kippte um, schlug mit dem Kopf und Rücken auf dem harten Boden auf.

2210 „Halt dich raus, das Vierte Reich wird kommen. Verstanden?"

„Witzbold. Sag Stadelheim einen schönen Gruß."

„Du spielst mit deinem Leben."

Einer bückte sich, krachte seine Fäuste in das Gesicht von Jason, der bewusstlos wurde, blutete, ein Passant rief den Notarzt an. Polizei tauchte auf, die Schläger waren längst über alle Berge, Jason erwachte in der Intensiv Station, Krankenhaus, Sindelfingen, er sah übel aus, Hämatome, Veilchen, Nasenbeinbruch. Schmerzen am Nacken und Rücken. Saleh und Naomi kamen am Nachtmittag, brachten Zeitungen mit,

2220 Orangensaft, Ritter Sport, Traube Nuss, das Buch Moby Dick, von Herman Neville, er war still.

„Wer war es?", fragte Saleh.

„Nazis. Die faselten vom Vierten Reich."

„Spinner.", raunte Naomi.

„Die gehen aufs Ganze, wir müssen das Nest ausheben."

„Wo anfangen?", fragte Saleh.

Sein Vollbart stand ihm gut, Naomi hatte ihren Bubikopf silbern grau gefärbt. Sie war schlank, Saleh war ein untersetzter muskulöser Ringer Typ.

2230 „Sucht alle Plätze an. Truppenübungsplatz Panzer Kaserne, das Haus von Stadelheim. Rohrauer Höhe, das Unseld Jagdhaus, wenn es noch steht. Das machst du Saleh, vorsichtig sein. Keine unüberlegte Aktionen."

Er brach ein Ripple vom Schokolade ab, schob es in den Mund.

„Naomi, du fährst nach Calw, finde heraus, wo die Soldaten der Spezialeinheit sich rumtreiben. Kneipen, Cafés, Restaurants, Märkte, wir benötigen einen Informant, um herauszufinden, wer von ihnen bei White Race ist. Ein Leutnant soll der Anführer sein. Du bist Undercover unterwegs, die sind junge Kerle. Die

2240 wollen haben Lust auf Sex. Dicke Eier. Adrenalin im Hochstand im Körper."

„Ja, die Kleine ist sexy.", sagte Saleh.

„Ich bumse nicht mit jedem, du Macho."

„Das war ironisch gemeint."

„Hört auf, nimmt eure Mission ernst. Es geht nichts über Ritter Sport. Also loslegen."

Okay, Boss.", knurrte Naomi. „Tschüss. Erhole dich."

Sie wackelten hinaus, er musste Ronja Dumas finden, anders würde er nicht weiterkommen. Auf den Kommissar Zufall hoffen?

2250 Das war was für Amateure, er lag auf dem Boden im Ring, Tiefschläge eingesteckt, der Kampf war noch nicht beendet, hochrappeln. Auf in den Kampf Torero.

Brückle, berichtete Naomi später, hieß die Calwer Kneipe, Bahnhofstraße. Abgefahren, mit Spiel Automaten. Aber es waren keine Gäste da, momentan hielt sich Jason in dem Fall zurück, Schirmer triezte ihn, machte ihm Vorwürfe, er sei unberechenbar.

8

Mit Mike, dem Sohn von Gise, war das ein schräges Ding, eher 2260 Freizeit Beschäftigung für Jason, er stöberte im Schlosspark herum. Er traf ihn am Landtag, er saß auf einer Park Bank, er war stoned.

„Alter, was willst du von mir, ich kenne dich nicht."

„Ich bin ein Freund deiner Mutter."

„Ich brauche sie nicht. Sie hatte nie Zeit für mich."

Jason schnappte sein Rucksack, er stand auf, drohend, spuckte Jason ins Gesicht, der fesselte ihn, mit Handschellen.

„Was ist das?"

„Ecstasy."

2270 „Es gab Todesopfer durch den Stoff. Und hier Cannabis, Heroin, Kokain."

„Gehört nicht mir."

„Wer dann?"

„Ali Baba, Meister."

„Ist das ein Deckname? Dealst du für ihn?"

„Ich verweigere die Aussage."

Jason steckte die Drogen ein, öffnete seine Fesseln.

„Was ist mit Bill und dir los?"

„Ich liebe ihn."

2280 „Er ist gefährlich, pass auf, du bist in schlechten Kreisen drin."

„Wer hat dir die Fresse poliert?"

„Böse Buben."

Jason trug eine schwarze Augenklappe, am rechten Auge, Blutergüsse zeichneten sich auf der Haut ab, die Nase war noch verbunden, er ging zum Heusteigviertel, zu seiner Unterkunft,

Bill wartete, breitbeinig, wie ein Cowboy, um aus der Hüfte zu schießen, mit dem Colt, Yippie Ei Yeah,

„Was willst du von dem Jungen?"

2290 „Er ist drogensüchtig, sein Umgang mit Leuten ist gefährlich."

„Du Moralist."

„Ich kenne seine Mutter. Du bist sein Liebhaber, hörte ich."

„Wir hatten Sex, mehr ist nicht. Was ist mit den Russen?"

„Sie sind vorsichtig, seit dem Anschlag auf das Bordell Puschkin in Böblingen."

„Gut, ich werde mit ihm reden. Wer ist der Tote, der am Fahnenmast am Rathaus hing."

„Das müsstest du wissen."

„Sie haben den Killer Toro The Tequila Hang Man zurückgeholt.
2300 Der ist ein Psychopath."

„Wir bleiben in Kontakt."

„Was soll mit Mike passieren?"

„Er muss in die Klinik zum Entzug."

„Was hast du über die Russen rausgefunden?"

„Sie reden nicht über das Geschäft."

„Wo wohnen sie?"

"Keine Ahnung, Mann."

"Finde das heraus."

„Ich gebe mein Bestes."

2310 „See you, Dude."

Er wanderte davon, Jason betrat seine Wohnung. Jemand war eingebrochen, alles war auf den Kopf gestellt, Schubladen lagen auf dem Boden, Papiere, Zeitungen, er öffnete ein Whisky Flasche, Teachers, schenkte ein, gab Eis dazu, von dem Schock musste er sich erholen.

Am nächsten Tag fuhr Jason zum Schlossgarten Hotel, Gise wartete, er parkte, ging mit ihr zum Park, Mike stand vor dem Kleinen Haus.

„Wie heißt dein Dealer?"

2320 „Erkan."

„Wo treibt er sich rum?"

„In der Klettpassage."

„Du musst mit den Drogen aufhören.", warf Gise ein.

„Lasst mich in Ruhe."

„Du gehst mit. Du kannst so nicht leben."

„Nein, ich mache alles auf meine Art."
„Gehst du mit?", fragte Jason.

„Nein."

Jason fesselte ihn, sie führten ihn zum Auto, die Reise war
2330 nicht weit, sie hielten am Furtbach Krankenhaus, brachten ihn zu Dr. Motz, die wies ihn stationär ein, Pfleger kamen, um ihn zu holen.

„Wie geht es mit ihm weiter?"

„Er wird zunächst keinen Ausgang haben. An Kunst- und Ergotherapie teilnehmen. Er ist in guten Händen. Man kann überlegen, ob man ihn in eine Entzugsklinik überweist. Aber ich denke, wir bekommen das hin."

Vor der Klinik verabschiedete sich Gise von Jason, sie war aufgelöst, weinte, er umarmte sie, sie drehte sich um, ging
2340 Richtung Gerber Einkaufzentrum. Jason war es auch schwergefallen, diese Maßnahme zu treffen.

Jason fuhr zum Kammertheater, parkte in der Tiefgarage, spazierte zum Schlosspark, HBF, die Rolltreppe runter, er schaute sich um.

„Ich brauche was zum Pfaffen, was Grünes."

„Geh zu Erkan. Er steht da drüben am Eingang zur Bahnhof Halle."

Jason ging ein paar Schritte. Erkan grinste.

„Alter, was willst du?"

2350 „Die Pfade Gottes sind ungewöhnlich. Ich wollte Stoff kaufen."

Erkan öffnete sein Rucksack.

„Benzos, Crystal Meth, Koks?"

„Ich bin Vegetarier."

„Du bist ein Witzbold. Du willst mich verarschen."

„Nein, ich will dich fertigmachen. Du bist verhaftet. Kripo Stuttgart. Mohammed kann dir nicht helfen. Oder Allah."

Jason ließ die Handschellen sprechen, durchsuchte ihn.

„Das ist Heroin. Das reicht, das ist mehr als fünf Gramm. Und noch ordentlich Kleinkram, Valium, Ecstasy. Ein großartiges 2360 Sortiment. Du Koksking. Du hast dich selbst verarscht, warum schleppst du so viel Stoff mit dir rum?"

„Das wirst du büßen, du unterschätzt mich. Meine Leute legen dich um."

„Soll das eine Drohung sein?"

„Du bist bereits tot, Hühnerficker."

„Große Klappe und nichts dahinter. Du kommst nach Stammheim."

Jason rief an, zwei Streifenwagen, vier Mann, das genügte, er gab ihnen die Beweismittel, sie führten den Dealer ab, das Drogen Dezernat übernahm den Fall. Er kaufte eine Bild am 2370 Kiosk, er blätterte herum. Der VFB muss gegen Sandhausen antreten, auswärts, bald war das Pokalspiel gegen den HSV in Hamburg. Nun ging es um die Wurst. Er ging hoch über die

Rolltreppe zum Burger King. Der Laden war rappelvoll, er ging zum Fisch Gosch Sylt, Austern, tropffrisch, mit Zitrone beträufeln. Nach dem Imbiss wanderte er zurück. Als er das Auto öffnete, ein Schlag auf den Kopf, bam, er kippte um, wurde ohnmächtig. Als erwachte, übergab er sich. Er war an einen Stuhl gefesselt.

„Du hast Dealer von uns verhaftet.", sagte Bill. Mister Doppel
2380 Agent. Drei Mann standen um Jason herum.

„Wer sind Sie?"

„The Tequila Hang Man."

Er hatte ein Glasauge, trug einen alten Trainingsanzug, achtziger Jahre, kurze Haare, ohne Scheitel, Hakennase, sie waren in einer Garage. Er sprach englisch, gebrochen, broken english, war unruhig, nervös. Mond, Sterne blinzelten durch das einzige Fenster.

„Where live the Russian? "

„I dont know."

2390 „Okay, Scheißer, deine letzte Chance. Bring uns die Adressen."

„Der Aufwand ist hoch."

„Du schaffst das."

„Warum macht ihr das nicht selbst?"

„Du kennst dich besser aus."

Bill war stoned, wässrige glasig, schimmernde Augen, Drei Tage Bart, kurze Hose, Hawaii Hemd, sie schnitten das Tape durch, verbanden seine Augen, führten ihn zu einem Auto, dreißig Minuten Reise, sie setzten ihn in der Stadt ab, am Charlotten Platz. Jason ging zur Staatsgalerie, holte den Jaguar, fuhr
2400 nachhause.

Am Computer surfte er, Speed Dating, spontane Sex Dates, er schenkte sich Jackie & Coke ein, kiffte, sein Schädel brummte, nicht aufgeben, das Hauptquartier der Mexikaner lag am Rande von Stuttgart, er schrieb eine Nachricht an Lulu, sie sah blenden aus, blond, grüne Augen, Kurzhaar Igel Schnitt, er entschloss sich, zum Puschkin nach Böblingen-Hulb zu fahren, Sam Spade on the Road again, bewaffnet, mit einer kleinen Smith & Wessen, Jerry Cotton, FBI Stil, handlich, schwarzer Anzug. Mission possible. Gib Gas, Same. Mach es nochmal.

2410 Als er ankam, stellte er die Kiste ab, ging hinein, setzte sich an die Bar, Gin Tonic, Madame. Sie nickte.

„Kommst du von einer Beerdigung?"

„Ja, leider. Mein Oma starb.", log er.

Er war in der Höhle des Löwen, eine Frau setzte sich zu ihm, jung, blond, blaue Augen.

„Mein Name is Kiki, ich komme von der Ukraine."

„Was trinkst du?"

„Champagner."

Er bestellte den Alkohol, kostete zweihundert Euro, er
2420 bezahlte mit der Visa Karte. Sie umarmte ihn.

„Wie heißt du?"

„Sam. Sam Spade."

Nach geraumer Zeit, mit Small Talk, fragte sie: „Gehst du mit?"

Sie gingen auf ein Zimmer.

„Was kann ich für dich tun?"

„Kommt heute nicht Tatort?"

Sie schaltete den Fernseher, bestimmt war der Kommissar ein Alkoholiker, oder warf Benzos ein, wie Valium, und um seine
2430 Beziehung stand es mies.

„Wer ist dein Boss?"

„Krakow. Genannt Stalin."

„Wohnt er in Böblingen?"

„Ja, am Freibad, Stuttgarter Straße."

Der Münster Krimi, zwar beliebt, doch die Rolle des Pathologen, komisch, zu komisch, Jason sah lieber Filme mit unterkühlt spielenden Schauspielern, gut, das war für ein Massen Publikum, Sonntagabend auf dem Sofa, mit Chips, danach Blümchen Sex. Jason gab ihr Geld, hundert Euro, recht teuer
2440 die Show, wenn man den Schampus mit einrechnete.

Er fuhr zum Sport Platz, parkte, observierte die Ecke, der gelbe Ferrari passte zum Gesamtbild. Am Briefkasten: Puschkin GmbH, ein tolles Haus, echt, High Life, Luxus, da konnte man neidisch werden, als kleiner Cop.

Er fuhr zum Donovan, kippte Paddy Whisky und Kilkenny Bier, knabberte Chips, drei Typen spielten Darts, Mike war da, der Engländer, der als Mechaniker in der Panzer Kaserne arbeitete, er wohnt oben beim Krankenhaus im Schwestern Heim, er hatte hier einen reservieren Stuhl an der Theke. Jason war unsicher,
2450 sollte er Bill diese Information geben oder nicht, das könnte ein Gemetzel ergeben. Wenn, da musste der Ami ein paar Euros mehr rüberbringen. Vielleich reichte es für einen Urlaub in Key West. Er wollte das Hemingway Haus besuchen, Hurricanes trinken, am Strand relaxen, eine Table Dance Bar finden, mit heißen Girls, wie das Doll House, Pampano Beach, ein Auto mieten, los ging die Reise, er träumte, sein Leben war in Gefahr, mit den Mexikaner oder Russen war nicht zu spaßen.

„Jason, was geht?", fragte Mike.

„Die Bösen sterben nicht aus."

2460 „Du hast einen Scheiß Beruf dir ausgewählt."

„Nein, ich durfte nicht wählen, mein Vater sagte: Du wirst Bulle, fertig ab. Er war Polizist. Der Apfel fällt nicht weit vom Stamm."

„Trag eine schusssichere Weste, Buddy."

„Mach ich. Danke für den Tipp."

Er bezahlte, fuhr zurück nach Stuttgart, mit erheblichen Sorgen im Kopf. In der Wohnung legte er die Knarre auf den Schreibtisch, er surfte, Lulu hatte nicht geantwortet, er warf Zoplicon ein, zum Pennen, träumte einen Scheiß zusammen.
2470 Morgens, wie gerädert, erstmal Kippe anzünden, Kaffee vom Automaten, Jakobs Krönung, stark, später latschte er zum Team Büro. Meeting.

„Wie war euer Tag?"

„Mühselig. Extrem steinig.", raunte Saleh.

Jason stellte das Radio an, Musik, Sultan of Swing, Dire Straits, zum Auflockern, Rock 'n Roll, sie hatten keine neue Hinweise.

„Wichtig ist, Leute, den Jungen zu finden. Die Blondinne müssen wir uns angeln. Die BB Polizei hat die Überwachung des
2480 Mercaden aufgegeben."

„Wir können beim Friseur Keller nachhaken, ab und an, ob die Dumas einen Termin hat."

„Die Sache wird brenzlig, sie sind an meinem Arsch, die Nazis."

„Du musst aufpassen, ob dich jemand verfolgt. Und besser im Hotel pennen.", schlug Naomi vor.

„Ja, ich miete ein Zimmer im Hotel Riedle."

„Dein Auto?"

„Ich nehme den Transporter."

2490 Er gab ihnen Waffen, was leichtsinnig war. Das konnte bitter enden.

„Okay, lass uns tanzen unter den Kriminellen. Ihr reist nach Böblingen, haltet das Stadelheim Haus im Auge. Ich bleibe hier."

„Mach eine Pause, du siehst schlecht aus."

Sie trennten sich, jeder auf seinem Pfad des Bösen, Friedrich Nietzsche im Kopf, der Anti Christ, Jason checkte im Riedle ein, ging zum Schlossgarten Café, Fitness Frühstück mit Müsli, er las die FAZ, Kulturseite, der Mensch glaubte an Dinge, ohne 2500 dies zu hinterfragen, manche waren aus Holz geschnitzt, siehe Schoppenhauer, den Pessimist. Bill kam herein, setzte sich.

„Überwacht ihr mich?"

„Was hast du herausgefunden?"

„Die wussten im Puschkin nichts, die schweigen."

„Hast du keinen Bock den Job zu tun?"

„Well, kommt auf die Bezahlung an, ich bin nicht billig."

„Du bist habgierig."

„Wer ist das nicht?"

„Okay, ich werde mit den Mexikaner reden. Ob sie einwilligen, 2510 oder dich umlegen, weiß ich nicht."

„Zwölf Uhr mittags, ein Duell."

„Könnte sein, die sind irre."

„Für wen arbeitest du noch?"

„Was?"

„Du wurdest beobachtet, wie die in das Hauptquartier Africom rein bist. In Vaihingen."

„Mann, halt dich raus, Blue-Pig."

„In meinem Job nicht möglich, wir müssen uns einmischen."

„Wieso?"

2520 „Im Namen der Gerechtigkeit."

„Gut, was sollte mit mir passieren?"

„Nichts, ich benötige Beweise, um einen festzunehmen."

„Leg dich mit den Dealern nicht an. Ich kann dir nicht helfen."

„Das Eis ist dünn, auf dem du gehst."

„Ich kann mich wehren, Amigo."

Bill schwirrte ab, traf sich mit Moshe Friedman, in der Markthalle, Jason folgte ihm, Schwäbischen Maultaschen, in der Kneipe und Bier.

2530 „Hat er die Attacker aufgespürt, der Kommissar? Oder Hinweise?"

„Nein, er sucht den entführten Jungen, er ist nicht im Dienst. An der Sache arbeitet die Bundesgeneralanwaltschaft. Und das BKA."

„Dann muss man die anzapfen."

„Wie?"

„Wir haben Agenten in diversen Behörden, mehr kann ich nicht sagen, um sie zu schützen."

„Mann, flieg zurück nach Jerusalem."

2540 „Nein, hier passiert auf der rechten Nazi Seiten zu viel, das geht tief in die Strukturen der Gesellschaft. Die wählten einen NPD Mitglied zum Bürgermeister im Osten. Beim Verfassungsschutz haben Kameradschaften Kontakte, und bei der Polizei dort. Da muss man ein Zeichen setzen."

„Das könnte zu diplomatischen Verwicklungen führen."

„Na und, die deutschen Politiker und Behörden müssen aufwachen, es ist abzusehen, dass die CDU mit der AFD koaliert. Dieser fucking brauner Sumpf."

„Ich steig bald aus."

2550 „Was musst du liefern?"

„Informationen über das Kartell, für die DEA."

„Sie suchen nach Beweisen."

„Ja, das ist schwierig, die Bosse delegieren alles. Die laufen nicht mit einem Paket Kokain durch die Gegend."

„Scheiß Politik. Lass uns über Kochen reden."

„Falafel."

„Gefilte Fisch ist besser. Wird aus Hecht oder Karpfen gemacht, zu einer Farce verarbeitet, zu Klößchen geformt, im Sud pochiert. Ein Gericht für den Schabbat. Für Feiertage,
2560 Hochzeiten."

„Und wie geht es weiter?"

„Ich muss Adi Hirmer umdrehen, dass er für mich arbeitet."

„Der Nazi, den du in der Kaserne verhört hast."

„Sonst habe Fotos vom Truppenübungsplatz. Andere Typen zu finden, ist ohne Adresse schwierig. Schalom, Bill."

Moshe verschwand, Bill brachte ihm nichts, das war alles für ihn eine Nummer zu hoch. Er hatte auch keine Lust sich mit dem BKA anzulegen. Aber er konnte nicht runterfahren, Auftrag war Auftrag, ein Befehl, den er ausführen musste.

2570 Bill war ein zwielichtiger Typ, diese Sorte von Menschen waren unsichere Kantonisten, unzuverlässig, hier am Tisch, keiner traute dem anderen. Noch ein Bier. Ahoi. Wohin ging die Reise?

Würde der Mossad Agent hier tatsächlich jemand töten?

Wahrscheinlich nicht, Jason kaufte italienische Nudeln, Lachs, Annas und Honey Dew Melonen, er wollte seine Zeit nicht verschwenden, mit den beiden, Pasta war gut für die Energie, Good Feeling, er ging heimwärts. Er hatte Heidi vernachlässigt. Die Bedienung vom Griechen. Ja, die Wahrheit war, er war nicht verliebt, er war zu anspruchsvoll, was
2580 Frauen betraf.

Schirmer hatte Besuch, das BKA, Fritz Bauer war der Wortführer. Die Sekretärin brachte den kolumbianischen Kaffee und Butterbrezeln.

„Greift zu, schwäbisches Frühstück. Habe gestern auf Netflix die Serie über Pablo Escobar gesehen. Der hat Tonnen von Kokain in die USA exportiert."

„Hunderte von Menschen getötet.", warf Fritz ein.

„Du solltest die Brezeln in den Kaffee tunken. Gut, wie soll ich euch helfen?"

2590 „Wir brauchen die Akte Synagoge."

„Kein Problem."

Schirmer telefonierte, Franz Kirsch brachte die Papiere.

„Was wir brauchen, einen Maulwurf im Klan. Kennst du Leute von denen?"

„Jason Mueller vielleicht."

„Wer ist das?"

„Er ist auf Therapie, da er einen Verdächtigen schlug. Das wird von der inneren Revision untersucht. Er ist ein guter Kollege. Er hat den Fall bearbeitet."

2600 „Gut, ruft ihn an, ich muss ihn treffen."

„Gut.", warf Schirmer. „Franz erledige das."

„Okay, Chef."

Er ging hinaus, Schirmer lud Fritz zum Essen ein, der ein erfahrener Ermittler war. Sein Partner hieß Luc Bosch, der schon geraume Zeit in Stuttgart herumschnüffelte, mit dem LKA zusammen. Die Armee vergrößerte sich. Noch war die letzte Runde nicht angebrochen.

9

Fritz Bauer traf Jason im Heusteigviertel in der Wohnung, dann 2610 klingelte das Handy. Am heiligen Sonntag lag Bill tot in der Tiefgarage Schlossgarten, sie fuhren zum Tatort, Schirmer, Franz Kirsch, Luc Bosch, BKA, waren schon da, ein hässlicher Anblick, die Augen ausgestochen, kolumbianische Krawatte.

Ein Schild hing um seinen Hals: „Traidor, Verräter."

„Kennst du ihn?"

„Ja, er arbeitete für die Mexikaner. Ganz war mir seine Rolle nie klar, da er sich öfters in Vaihingen im Africom Hauptquartier aufhielt."

„Du hast ihn beobachtet, warum?"

2620 „Er hat mich kontaktiert wegen der Russen Mafia. Er wollte, dass ich von den Anführen die Adresse herausfinde. Zu der Zeit passierte der erste Mord vom Tequila Hang Man, ein Russe hing am Basketballkorb auf dem Bolzplatz bei der Leonards Kirche."

„Kennst du andere Klan Mitglieder."

„Vom Sehen, die waren mit Stadelheim zusammen, das ist eine Mischung aus Rocker, Ku-Klux-Klan, eine Art Brüderschaft, oder Kameradschaft, wie immer man das nennen will."

„Wir benötigen einen Insider."

„Gut, ich werde mich darum kümmern."

2630 „Ansonsten halte dich raus. Pass auf dich auf. Man weiß nie wie die Tortillas reagieren."

„Ja, das ist mir klar."

Schirmer saugte an seine E-Zigarette.

„Jason, es kann sein, die provozieren dich. Und reagierst affektiv. Das will ich nicht, du bist ein guter Polizist."

„Klar, Chef. Ich ziehe mich zurück. Ade."

Jason wackelte hinaus, ging am Landtag vorbei, zurück ins Heusteigviertel, er traf sich mit seinem Team, Tages Besprechung, Plan 51, in seiner Wohnung, er hatte gekocht,
2640 Tagliatelle mit Soße Arrabiata, Melonen Cocktail mit altem Port Wein und Chili, Koriander Grün.

„Klasse, die Soße.", raunte Naomi.

„Hat mir ein Mafioso aufgeschrieben. Knoblauch, Zwiebel anschwitzen, frische Tomaten rein, roter Chili, Meer Salz, Pfeffer. Es gibt noch ein Trick, ein wenig Sardellen mit anschwenken. Das ist eine zweite Variante. Dann musst du mit dem Salz aufpassen."

„Und was ist der Plan?", fragte Saleh.

„Aufpassen das BKA ist in Town."

2650 „Und konkret, was unternehmen wir?"

„Weiterhin ist die Blonde Ronja Dumas unser Target. Wir suchen ein Mitglied der Nazis, nicht Stadelheim, wir benötigen einen Insider Informanten. Vorsicht, die sind brutal. Ich muss momentan die Füße stillhalten, die Therapie durchziehen. Ihr schafft das schon. Ein Team, ein Plan. Go Team."

Sie sausten davon, im Ford Transporter, Ziel Böblingen, Jason ging zu Fuß los, zur Innenstadt, gut, dass er Bill die Adresse der Russen nicht gegeben hatte. Jemand hing an seinem Hintern. Zwei Männer, er verschwand im Breuninger, nahm einen Anzug von
2660 der Stange, rein in die Umkleide Kabine, es fielen Schüsse, Kunden warfen sich auf den Boden, er, tiefste Gangart, Blei (Plomo) sauste an seinem Kopf vorbei. Ein SEK Kommando rannte nach fünfzehn Minuten rein. Scheiße, er hatte was abgekommen, ein Streckschuss an der Wange, er blutete. Er dämmerte dahin, er sah noch die Sanitäter, der Notarzt setzte ihm eine Spritze, ab zum Katharinen Krankenhaus.

Als er erwachte, fühlte er sich schwach, Schirmer stand am Bett, hinter ihm Fritz Bauer.

„Ich muss eine paffen.", raunte Jason.

2670 Schirmer holte einen Rollstuhl, sie kutschierten ihn zum Fahrstuhl, runter E-Geschoss, raus, Blick auf Hegel Eins, die Uni, wo er früher Gasthörer war, philosophische Fakultät, Nietzsche, Genealogie der Moral, Heidegger Sein und Zeit, Fritz Bauer gab ihm den Glimmstängel.

„Das sind holländische Caballero, Jason."

Er gab ihm Feuer.

„Was ist passiert?", fragte Schirmer.

„Ich wurde verfolgt, als ich zur Innenstadt ging, ich bin schnell in das Breuninger rein, ich dachte, ich hätte sie
2680 abgeschüttelt, denn ich nahm einen Anzug von der Stange, ging in die Kabine, plötzlich fielen Schüsse, mir ging der Arsch auf Grundeis."

„Okay, du hast nicht auf eigene Faust ermittelt."

„Nein, ich wollte zur Therapie, im Furtbach Krankenhaus."

„Was meinst du, Fritz?"

„Ich würde Personenschutz vorschlagen, vor allem hier, auf der Abteilung."

„Gute Idee, ich werde das veranlassen.", raunte Schirmer.

„Komisch, warum die es auf dich abgesehen haben."

2690 „Wegen Bill Edda."

„Kann sein. Wir müssen härter vorgehen.", antwortete Schirmer.

„Dem stimme ich zu.", warf Fritz ein.

Schirmer holte seine E-Zigarette aus der Sakko Tasche.

„Die Lage ist gefährlich. Wir wollen kein Kartell in Stuttgart."

„Sie werden Deutsche rekrutieren."

„Was ist mit den Itackern?"

„Die arbeiten diskreter."

„Die Mexikaner suchen Alleierte, die sich hier auskennen."

2700 „Wir hatten eine Cannabis Farm in der Gegend von Weil im Schönbuch gefunden.", knurrte Jason.

„Und?"

„Plötzlich war die leergeräumt."

„Die haben Europa im Auge. Die agieren wie ein Konzern."

Sie brachten Jason auf die Station, der VFB führte in Regensburg, Tor Gonzales, Sila war ein großes Talent, er kam vom FC Paris, stammte vom Kongo, Sky Go hatte er auf dem Tablett, als Stürmer spürst du den Atem des Verteidigers, nun musst du den Ball voll treffen, ohne Irritation, Volley.

2710 1:3 gewann der VFB. Toll. Erster Platz. Am Montag spielte der HSV gegen FC St. Pauli, war spannend. Jason stopfte die Ears in die Ohren, Calexico, Father Mountain, das hebt die Stimmung. Die Laune, plötzlich ist das Leben einfach. Eine Ballade. Dann Flores y Tamales, Song mit mexikanischem Einfluss. Zum Tanzen, Salsa.

Fritz Bauer checkte das Schlossgarten Hotel, die Mexikaner wohnten nicht mehr hier, er fuhr mit den Kollegen nach Böblingen, Fall Stadelheim, die nächste Route würde nach Calw führen, wegen den beteiligten Soldaten, ein Treffen mit dem

2720 BAMAD, Militärischer Abschirmdienst, die Polizisten hatten die Fotos von Jason, ein Mann kam es dem Haus. Fritz Bauer stieg aus, mit der Walther in der Hand.

„Steigen Sie in das Auto."

Er kletterte rein. Sie fuhren los.

„Wie heißt du?"

„Karl Heinz Braun."

Er trug einen Anzug, mit Einstecktuch, nobel.

„So erzählen Sie mal, was Sie mit Stadelheim zu tun haben."

„Ich fütterte seinen Kanarienvogel."

2730 Fritz zeigte ihm die Fotos.

„Das sind wohl ihre Kumpels?"

„Was wollen Sie?"

„Informationen, wo steckt Stadelheim?"

„Keine Ahnung."

„Sie kommen mit, zum Revier hier."

„Wieso?"

„Weil ich es sage."

Fritz öffnete die Tür, er kletterte hinein.

Sie reisten zur BB Polizei Wache. Druck aufbauen.

2740 Fritz rief den Staatsanwalt in Stuttgart an, wegen dem Haftbefehl. Fritze hatte ihn vorher schon kontaktiert und informiert. Das Fax war schnell da.

Im Verhörzimmer, kalte grau Wände, ein Tisch, drei Stühle.

„Hier ist der Haftbefehl."

„Was habe ich verbrochen."

„Mitglied in einer kriminellen Vereinigung. Sie werden jetzt nach Stammheim gebracht in U-Haft. Denken Sie nach. Wenn Sie kooperieren kann ich für sie was tun. Ich benötige Namen, die Adressen der Safe Häuser von Stadelheim."

2750 „Ich bin keine Verräter."

„Abführen."

Zwei Polizisten kamen rein, legte ihm Handfesseln an, brachten ihn raus. Eine Reise in die Hölle begann.

„Fritz willst du ihn nicht umdrehen."

„Bin mir nicht sicher, mit ihm. Er könnte Stadelheim warmen."

Jason wurde entlassen, er verließ die Klinik, er rauchte eine, Gitane, filterlos, überquerte die Straße, ging zum Hegel Eins, Gebäude der Uni, Dr. Schmidt war in seinem Büro, der Dozent.

2760 „Na, Jason. Was macht die philosophische Lektüre."

„Sein und Zeit steige ich nicht durch."

„Heidegger ist ein Gebirge. Lese den Humanismus Brief und Metaphysik, zwei kurze Texte, das sind Vorlesungen von ihm."

„Brauchen Sie was Grünes?"

„Ja, dringend. Ich bin erschöpft. Ich kaufe nur bei dir ein."

„Gut, ist besser so, Dealer sind schmutzig, Parasiten, ich bringe was vorbei."

Jason stand auf.

„So Long, bis dann."

2770 „Ade, Cop."

Jason ging zum Lift, fuhr runter, raus, Richtung König Straße, am Rathaus und Breuninger vorbei, zum Heusteigviertel, Team Konferenz im Büro, ohne Alkohol.

„Wie geht's, Jason? fragte Naomi.

„Bin noch nicht fit. Was kam raus in der Sache Ronja Dumas?"

„Sie kommt alle drei vier zum Friseur Keller. Sie wohnt in Sindelfingen, sagte der Coiffeur. Er hat sie im Breuninger Land gesehen. Öfters."

„Das BKA hat den Fall Synagoge übernommen. Eine heiße Sache.
2780 Wir kümmern uns um den Jungen Kölbl. Im Fall Stadelheim keine Action mehr."

„Sie kauft in dem Einkauf Zentrum ein.", warf Saleh ein.

„Gut, ab jetzt ist die Shopping Mall unser Target. Go Team. Falls die Dame kommt, bis zu ihrer Behausung folgen. Ruft mich dann an. Ich komme dann so schnell wie möglich."

Sie rafften sich auf, die beiden fuhren im Transporter nach Sindelfingen. Jason ging zur Wohnung, wieder ein Drohbrief im Kasten, als sei Pablo Escobar auferstanden. Er sah die Debatte im Bundestag an, Phoenix, pennte ein. Träumte wirres Zeug, war
2790 mit seinen Eltern in einem düsteren Haus, er half der Mutter beim Kochen. Scheiß Vergangenheit. Verdammt, es gelang ihm nicht, Spätzle zu schaben, Nebel, dann wurde es dunkel.

Fritz Bauer und Luc Bosch fuhren nach Calw-Fredberg, zur Zeppelin Kaserne, volles Karacho, Speed it up, endlich angekommen, der Verkehr war unglaublich, wurde immer schlimmer, Rick Malone wartete, vom HAMAD, ein karges Büro, Schreibtisch, Aktenschrank, Stühle.

„Nun, meine Herren, was ist eure Erkenntnis?"

„Es gibt Soldaten der Einheit hier, die in Verbindung mit
2800 einer kriminellen Vereinigung stehen. Ein Offizier soll der Anführer sein."

„Namen habt ihr nicht."

„Die Gruppe nennt sich White Race.", sagte Luc Bosch.

„Wenn es ein Offizier ist, wird das schnell zu einem Namen führen. Die Spezial Einheit ist nicht so groß."

„Das ist dringend, Rick. Die planen bestimmt neue Anschläge.", warf Fritz ein.

„Ich kümmere mich darum. Gehen wir was essen."

„Nein, wir fahren zurück nach Böblingen."

2810 „Ich melde mich."

Die BKA Unit wackelte hinaus, zum Auto, Fahrt zurück, hoffentlich war Rick erfolgreich, kuppeln, Gang rein, auf das Gaspedal drücken, ein bequemes Auto, VW, SUV. Radio an. Die Koalition GROKO hatte beschlossen, 48 Milliarden in den Klimaschutz zu stecken, Boris Johnson drehte am letzten Rad, Mad Boris.

Jason fiel in eine tiefe Traurigkeit, wegen dem Jungen, er war in eine Welt geworfen, die ihm zuwider war, es klingelte, er öffnete. Kein Trübsinn blasen. Franz Kirsch stand vor der
2820 Tür. Sie gingen hinein.

Jason zapfte zwei Espressos, schenkte Ramazotti ein.

„An was arbeitest du?"

„Bill Hedda Mord. Wo hast du ihn getroffen?"

„Der Ami war ab und an am Bolz Platz, in der Altstadt, oder im Schlossgarten Hotel, im Park."

„Die Mexikaner, das ist der Schlüssel. Das BKA ist scharf auf die Attacker. Du musst aufpassen. Die sind eiskalt, wie El Chapo."

„Gut, ich komme nicht weiter."

2830 „Besser so, das ist eine hohe Hausnummer."

„Wieder eine Akte auf dem Stapel ungelöster Fälle."

„Ja, ich war im Gerichtsgebäude, bin über die Flure gelaufen, in jedem Büro Aktenberge. Unüberwindbar. Da geht vieles verloren. Die Staatsanwaltschaft versucht, die abzuarbeiten, so schnell wie möglich. Ein Kumpel von mir wurde im Mietshaus, wo er wohnte, zusammengeschlagen, der Täter war bekannt, er war auch Mieter. Und der Täter bekam nicht mal eine Geldstrafe, sie boten eine Moderation an. Was soll dabei rauskommen. Der Schläger kriegt sein Geld vom Sozialamt, du

2840 kannst ihn verklagen, zivilrechtlich, aber der hat keine Kohle."

„Positiv bleiben."

„Mit Trollinger überleben."

„Komma Saufen. Wie die Typen Freitag- und Samstagnacht in den Klubs. Kommst du zum Boxtraining?"

„Nein, bin noch nicht voll auf dem Dampfer."

Franz Kirsch machte den Abflug, Jason rätselte über das nächste Vorgehen. Er ging zur Altstadt, kaufe im Russen Laden Kippen, Gouloise, Kraków baute sich vor ihm auf, ein

2850 Felsbrocken.

„Jason, du warst im Puschkin, hast rumgeschnüffelt. Wieso?"

„Mach mal halblange."

„Wieso bist hinter uns her?"

„Ich ermittle nicht wegen euch. Mit der Frau kam das Gespräch auf dich. Sie hat gesungen, ohne mein Zutun."

„Mann, du hast nach unserer Adresse gefragt."

„Ich wollte mit dir reden."

„Über was?"

„Das ist verbrannte Erde. Der BKA ist aufgetaucht. Wenn die

2860 euer Drogen Lager finden, seid ihr im Arsch. Die Jäger sind in Kompaniestärke angetreten."

„Gut, was ist mit den Mexikanern?"

„Bill Edda ist tot, die anderen sind abgetaucht."

„Bald bist du unter der Erde, wenn du nicht achtgibst."

Sie beendeten das Gespräch, draußen Heidi rief an, schlimm, was sich zugetragen hatte, Jason wanderte zum Griechen, er ging in das Lokal, bestellten den Vorspeisen Teller, sie brachte den Ouzo, setzte sich. Sie weinte, bitterlich. Ein Tränen Sturzbach.

2870 „Einer hat meine Tochter vergewaltigt."

„Was?"

„Sie ist fertig, mit den Nerven."

„Ich muss mit ihr sprechen. Wie heißt sie?"

„Anna. Soll ich Anzeige erstatten?"

„Vorläufig nicht."

„Warum?"

„Das wird zur Tortur, viele Verhöre, medizinische Untersuchungen. Meistens wird eher dem Täter vertraut, da er ein Mann ist. Siehe im Fall Kachelmann."

2880 „Der war unschuldig."

„Meiner Meinung nach waren beide schuldig. Er konnte sich teure Anwälte leisten."

„Ja, ich habe den Kommentar von Alice in der Emma gelesen."

„Das ist genauso bei den Pädophilen, sie die Schuld der katholischen Kirche."

„Was hast du vor?"

„Ich benötige eine Täterbeschreibung."

„Er trug eine Maske."

„Und die Klamotten?"

2890 „Sah aus wie schwarzer militärischer Kampfanzug. Er fesselte sie. Bevor er ging, befreite er sie. Weg war er. Soll ich nicht zur Polizei Wache gehen?"

„Warte, denke nach, bevor du was unternimmst, rufe mich an."

„Brutal."

Er gab ihr ein Tempo Taschentuch, das Essen kam, er knabberte an einer Peperoni, geil, Oliven, schwarze, Feta Käse, Zaziki, Spitz Paprika. Sie umarmte ihn, ging zur Theke. Jason wollte zahlen, aber der Chef Lefty Montanas lehnte ab, schenkte noch einen Ouzo ein, für beide, anstoßen, Glas auf Glas,
2900 runterkippen, Gesicht verziehen. Thanks. Jason war wütend, aufgebracht, wegen der Situation von Heidis Tochter. The Water runs down the hill, Sisyphos lässt grüßen, er musste runterfahren, sodass er keinen Fehler machte und im Affekt handelte. Heidi befand sich im Tal der Tränen. Wie die Apachen nach dem Tod von Sitting Bull.

Als er zur Altstadt ging, sah er Pippo Basten, von der Mexiko Gang, er folgte ihm, er traf einen Typ, sie tauschten die Taschen, dann war es over, das Treffen, Jason nahm den Fremden ins Visier, er ging zum Rathaus, runter in die Stadtbahn, als
2910 der Zug hielt, stieg Jason ein, fuck, Willy Cohn saß da.

„Jason, gib mir Material."

„In wie fern?"

„Eine Knüller, ruf mich an, wenn du mit dem SEK loslegst zu einem Einsatz gehst."

„Da solltest du Schirmer fragen, oder Fritz Bauer vom BKA."

„Mein Chefredakteur scheißt mich an, wenn ich keine Story liefere."

„Du tust mir so leid."

„Komm mit, ich gehe in den Sauna Klub. Viva."

2920 „Bullshit, Mann. Schreibe über den VFB."

Der Zug hielt am Charlotten Platz, Gott sei Dank stieg Willy Cohn aus, in Cannstatt ging es raus, der Kerl lief schnell, betrat einen Döner Imbiss, Kreuzberg Blues, redete mit einem arabisch sehenden Mann. Jason bestellte Falafel Tasche. Fünf Euro. Am Stehtisch spitzte er die Ohren.

„Wir müssen nicht mehr bei den Russen kaufen, Omar. Das ist 1a Ware."

„Rede nicht so laut, die Wände haben Ohren."

„Sorry."

2930 Sie verschwanden hinten im Lager. War diese die Zentrale einen arabischen Klans?

Jason brach seine Unterfangen ab, draußen fotografierte er den Eingang, die Reklame Tafel, aufgehoben, nicht aufgeschoben.

Fritz Bauer verhörte KH Braun, der chic angezogen war, Tweed Anzug, mit Lederflecken an den Ellbogen.

„Was ist Ihre Rolle bei der Gruppe?"

„Finanzen."

„Sie waschen Geld."

„Ich versuche Steuern, soweit es geht, zu vermeiden."

2940 „Sie handeln mit Drogen. Wer ist Lieferant?"

„Damit bin ich nicht befasst."

„Die Mexikaner? Die Russen? Die bekanntlich tätowierte Nazis in ihren Reihen haben, die zu euch passen."

„Keine Ahnung."

„Ich habe Zeit."

„Ich kann Anwälte bezahlen."

„Herr Braun, wissen Sie was eine kriminelle Vereinigung ist? Erinnern Sie sich an die RAF?"

„Na und?"

2950 „Die Staatsanwälte in Karlsruhe werden hart bleiben, die Mitgliedschaft ist strafbar, ohne, dass Sie jemand töteten, ohne, dass Sie Drogen verteilten. Das gibt zehn Jahre Haft. Wenn Sie auspacken kann, dass strafmindernd sein."

„Da gibt es bei uns Prinzipen."

„Nun, Sie haben in diesem Gespräch zugegeben, dass Sie bei der Bande sind, und der Buchhalter sind. Das reicht uns, für eine Anklage."

„Gut, sie sind im Siebenmühlental."

„Wie heißt der Offizier von der Calwer Einheit?"

2960 „Roger Weber."

„Das genügt, abführen."

Zwei Justiz Beamte nahmen ihn mit, Fritz Bauer überlegte, entschied sich nach Calw zu fahren. Tempo. Dranbleiben, wie ein harter Verteidiger, Eisen Fuß Höttges.

Die BKA Truppe fuhr nach Calw, das war dringend, wenn sie einen der Anführer festsetzten. Angekommen sprachen sie mit dem Chef der Einheit. Der ließ Roger Weber holen, der überrascht war. Sie gingen in ein leeres Büro.

„Was wollen Sie?"

2970 „Die Wahrheit. Wir schützen die Bevölkerung, indem wir hart Vorgehen gegen Kriminelle."

„Ich verweigere die Aussage."

„Sie wissen, um was es geht."

„Nein."

„Den Anschlag auf die Synagoge."

„Damit habe ich nichts zu tun."

Fritz Bauer rief den Staatsanwalt an, wegen dem Haftbefehl, sie fesselten ihn, raus zum Auto, im rasanten Tempo nach Stuttgart, in U-Haft.

2980 Währenddessen, ein sonniger Tag, milde Temperaturen. Gut für die Winzer, es lebe der Trollinger, Fellbach Lämmler, kam der goldene Oktober?

Moshe Friedman war froh, endlich hatte Adi Hirmer, Mitglied in der Nazi Attacker Gruppe, White Race, was preisgegeben, festhalten konnte er ihn nicht, aber er hat ihm seine Utzi gezeigt, wenn du nicht singst, bist du tot, in der Höhle des Löwen, Nazi Treffen im Siebenmühlental, Nähe Hahn Seebruck Mühle, ein alter Bauernhof, Kühe grasten auf den sattgrünen Weiden, Löwenzahn, Pusteblumen, Klatschmohn Pflanzen,
2990 Blindschleichen, Libellen. Moshe beobachte mit dem Feldstecher, der Grill war an, Stadelheim kam es dem Haus, nahm den Hund mit, einen Labrador, wanderte los, er ging auf den Wald Pfad, Moshe folgte ihm, er kannte ihn, er war abgelichtet auf den Fotos, die Bill Edda von Jason erhalten hatte, der blauäugig war, naiv, unbekümmert, als Moshe weiterging kam ihm Stadelheim entgegen, Moshe zückte seine Waffe, der Hund bellte.

„Ruhig Eichmann."

Der Kläffer wedelte mit dem Schwanz, Moshe streichelte ihn.

3000 „Nun, Herr Stadelheim. Strecken sie die Hände aus."

Er tat es, zitternd, Moshe legte ihm Handfesseln aus Plastik an, führte in zum Auto. Der Köter kläffte, als Moshe losfuhr, nach Stuttgart Vaihingen, Ami Kaserne, rein in den Bösewicht Raum. An den Tisch gefesselt. Stadelheim war außer sich, ein Tobsuchtanfall.

„Sie Arschloch, das ist eine Einführung, ich zeige Sie an."

„Die Faktenlage spricht gegen Sie. White Race Bullshit, Attacke auf die Synagoge. Ich bin hier, um das zu klären."
"Hornochse, meine Leute erledigen dich. Woher hast du meine
3010 Adresse?"

„Das ist geheim."

„Ich werde den Verräter hinrichten lassen."

Moshe zog seine Spritze, eine Glock, zuverlässig, ein Blei Versprüh Gerät.

„Mein Auftrag lautet Sie zu töten."

„Du Schwein."

„Die deutsche Justiz ist zu milde."

„Du Scheiß Ami."

„Naja, ich habe zwar einen amerikanischen Pass, doch in
3020 Wirklichkeit bin ich von Jerusalem, du steigst jetzt den Ölberg hinauf. Ans Kreuz, du sollst nicht töten, steht in den Zehn Geboten."

„Scheiß Jude. Du Itzig."

„Gestehe deine Sünden, das ist deine himmlische Beichte. Vielleicht hilft dir Gott. Bete und rede. Ich schlüpfe in die Rolle der Römer. Pontius Pilatus."

„Du bist verrückt, Wichser."

Moshe setzte ihm eine Injektion, mit Haldol, der Nazi zuckten, verfiel in den Dämmerschlaf, the Darkness of the Night, Moshe
3030 war unentschlossen, er benötigte ein Geständnis, dann konnte er ihn an die deutsche Polizei übergeben, er bereitete sein Tonband vor, und den Cam Coder, das musste schwarz auf weiß in die Moses Tafel gebrannt sein.

Jason rief Heidi, sie trafen sich vor dem Griechen, Anna war mit dabei, sie ging zu Wohnung von Jason. Heidi hatte Kuchen dabei vom Schlossgarten Café, das war gut für die Nerven. Der Kaffee dampfte.

„So Anna was ist passiert?"

„Plötzlich war ein Mann im Zimmer, ich lag auf dem Sofa, er
3040 packte mich, klebte mit Tape meinen Mund zu, dann war er über mir. Er war schwer."

„Hast du sein Gesicht gesehen?"

„Er trug eine Maske."

„Und fiel dir sonst was auf, Stimme, Kleidung?"

„Er roch nach Old Spice. Das benutzt Vati auch."

„Und Klamotten, wie sah es damit aus?"

„Ich dachte erst, er ist ein Polizist."

„Wie hast du das wahrgenommen?"

„Er trug eine Schutzweste. Er sah aus wie Polizisten im
3050 Tatort, die die Kommissare unterstützen. Und Wohnungen stürmen."

„Kann es ein Soldat gewesen sein?"

„Schwer zu sagen. Alles ging sehr schnell. Er ist pervers, als er in mich Eindrang mit seinem Glied, drückte er mir den Hals zu."

Sie weinte, ihre Mutter trocknete ihre Tränen, das ganze Make Up floss über das Gesicht, ein abstraktes Gemälde entstand.

„Und die Stimme?"

„Er stotterte, drückte mir den Hals zu sagte, Mädchen, wenn du
3060 nicht sterben willst, halte still."

„Gut, ich muss mir noch Annas Wohnung anschauen."

Die Sacher Torte schmeckte, Kaffeearoma wehte durch den Raum, der gute kolumbianische Bräu.

„Anna wohnt jetzt bei mir. Du gibst Jason deinen Schlüssel. Es dauerte ein paar Minuten, sie war ein Häufchen Elend, jetzt rückte sie die Tür Öffner raus. Sie wohnte Stuttgart-West.

„Ich denke, Anna braucht psychologische Betreuung."

„Ja, stimmt. Was schlägst du vor?"

Jason wischte die Schokolade von den Lippen.

3070 „Dr. Motz, Furtbach Krankenhaus, ich rufe Sie an, dass Sie schnell einen Termin bekommt. Und Anna muss zur Untersuchung in ein Krankenhaus. Wegen DNA Spuren, Spermien."

„Ich rufe meinen Frauenarzt an."

„Gut, Anna muss sich erholen, falls ich den Fall der Polizei übergeben muss. Sie wird dann verhört, Frauen wird meist nicht geglaubt. Und Polizisten stehen auf der Seite der Männer. Fragen werden gestellt, oft dieselbe, immer wieder, das ist für das Opfer eine Qual."

Jason steckte eine Gouloise an. Als nächstes musste er zur
3080 Wohnung, die beiden wackelten hinaus, nach heftigen Umarmungen. Jason fuhr im Jaguar zur Ludwig Straße.

Fritz Bauer bereitete den Angriff auf das Haus im Siebenmühlen Tal vor, er fuhr mit seinen Kollegen zur Hahn Seebruck Mühle, über den Flughafen, bevor sie angreifen konnten, benötigten sie genaue Fakte der Umgebung, klar, würde ein SEK Kommando brauchen, um deren Welt zum Einstürzen zu bringen, sie parkten vor dem hahnsche Blockhaus. Ein Wandersmann kam. Er trug Oktoberfest Kleidung, Lederhose, Tiroler Hut, runde John Lennon Sonnenbrille.

3090 „Der Künstler Hans Hahn-Seebruck ist tot, er hatte eine Schwester, die mit einem Ami liiert war. Die Gasstätte war nicht immer verpachtet. Von der Pacht hat der Maler wohl gelebt. Der reiste viel, nach Griechenland, weiß der Geier wohin noch. Wird hier ein Tatort gedreht?"

„Ja, Sie haben es erkannt."

„Auf seinen Nachlass waren viele scharf, und es wurden immer mehr Bilder gefunden."

„Danke für Ihre Informationen."

„Die Polizei dein Freund und Helfer. Ade. Machts gut."

3100 „Mach es besser."

Die Polizisten vom SEK machten sich fertig, Fritz Bauer, Luc Bosch zogen Leine, sie waren die Späher, der Code für den Angriff war abgemacht: „Hunde wollt ihr ewig leben.", Fritz war ein Spaßvogel, niemand war zu sehen, bis auf den Hund „Eichmann". Fritz streichelte ihn, Labradore waren gutmütig.

Jetzt den Code per Funk durchgeben, das SEK rannte los, stürmte das Haus, die Kommissare folgten ihnen. Rammeisen, Tür aufgebrochen, sie suchten Zimmer für Zimmer ab, keiner war anwesend, sie checkten jeden Winkel, Schränke, Schreibtisch,

3110 keine wichtige Papiere, kein Computer zu finden, der Aufbruch fand überstürzt statt, gefüllte Teller mit Essen, Kalbshaxe, Kroketten, Wirsing, daneben ein Stiefel, gefüllt mit Bier.

Hatte sie jemand gewarnt? Gab es einen Maulwurf in ihren Reihen?

Eine teuflische Nachricht, das haut dir den Hut runter, KH Braun lag tot in seiner Zelle, sie fuhren nach Stammheim, wie konnte das passieren?

Luc Bosch und Fritz Bauer im Auto, sie waren niedergeschlagen, da sie nichts gefunden hatte, Fritz rief BB Wache an, wegen 3120 der Spurensicherung, es musste DNA Spuren und Fingerabdrücke geben, der Flughafen in Sicht, Möhringen, Degerloch, runter in den Kessel.

„Der FC St. Pauli hat gegen den HSV 2:0 gewonnen."

„Das freut mich, wenn Underdogs solche Resultate erzielen."

„Ist gut für den VFB. Die sind auf Platz eins."

Sie hielten an einer Tankstelle, kauften Ziggie's, Kaffee, Butter Brezeln. Sie durften keine Zeit verlieren.

Im Knast. Spurensicherung war schon da, Schirmer saugte an seiner E Zigarette: „Scheißebach im Däle."

3130 „Kruzifix. Vierzig Messerstiche.", plauderte der Arzt.

„Jeder Insasse und Justiz Beamte kommt in Frage."

„Eine Art Omerta.", warf Schirmer ein.

„Hoffentlich findet sich was. Gründlich die Zelle filzen."

Ein Kollege fand die Tatwaffe, ein Ausbeinmesser, Marke Dick, Esslingen. Er tütete das Gerät ein. Jetzt kam es auf die Labor Ergebnisse an.

Ludwig Straße. Jason war im Apartment von Anna, er fand ein Kondome, Wow, gefüllt mit Spermien, der nächste Fund, eine Zigaretten Kippe, halbgeraucht, Anna war Nichtraucherin, 3140 konnte auch von einem ihrer Freunde sein, Jason haute ab, ging zur Roten Kapelle, las die Stuttgarter Zeitung, bestellte eine Tapas Auswahl, und einen Gin Tonic, der Vergewaltiger war schwer zu finden, er rief Heidi an, sagte ihr, dass er Namen aus ihrem Umfeld brauchte, von männlichen Bekanntschaften, eine gute Botschaft, Naomi und Saleh fanden den Wohnort von Ronja Dumas, Jason war unsicher, wie er vorgehen würde.

Fritz war im Büro JVA Stammheim, sie gingen die Akten der Insassen durch, der Leutnant stand auf der Liste ganz oben, Roger Weber, hatte er KH Braun getötet?

3150 Es gab einige heiße Kandidaten im Knast, die zur Tötung bereit waren, Devise: Kill or die. Kampf um die Blutwurst. Sauschlachten. Wen?

Roger Weber saß im Vernehmungszimmer, er klopfte sich auf die Brust, schrie: Deutschland gehört den Deutschen. Seine BW Karriere war im Arsch, selbstzerstörerisch, ein verengter Blick, Schwarz & Weiß, die Sehnsucht, eine neue Diktator zu errichten, heranführen durch Kampf im Untergrund, mit kooperativen Wohnungen, im Wald Waffenlager, fehlt nur der Andreas Bader Porsche, und maßgeschneiderte Unterhosen, bete 3160 zum Jesuskind von Atocha- verehrt in Mexiko, Süd- und Mittelamerika- würde Pippa Basten oder Mendez sagen, Roger war Atheist, das Nichts suchte er, oder das Lan des Lichtes, im ging allerlei durch den Kopf, Hirn Monolog, Fritz Bauer ließ sich Zeit.

Fritz betrat den Raum. Er sah Jason an.

„Das „hat dein Vater dich in der Kindheit geschlagen hat", hilft Ihnen nicht weiter."

„Was sie nicht sagen."

„Steht was davon im Gutachten. Rufen Sie Frau Dr. Motz an."

3170 „Psychologischer Mist."

„Ich benötige Namen.“

„Rufen Sie Nick Knatterton an.“

„Witzbold.“

„Wie sind Sie in die Zelle von KH Braun gelangt.“

„Los spucken Sie es aus, Weber.“

„Foltern Sie mich doch.“

Fritz Bauer packte ihn, drückte den Kopf des Nazis auf den Tisch, der schrie, wie am Spieß gebraten, nochmal, bam, er blutete, Rotes floss aus der Nase und Mund. Luc Bosch hielt
3180 ihn zurück.

„Unterschätzen sich mich nicht. Wo ist Stadelheim?“

Franz Kirsch warf ein: „Kennen Sie Ulf Schiller?“

„Der ist befreundet mit Stadelheim.“

„Waren Sie in dem Haus im Siebenmühlen Tal?“, fragte Bosch.

„Ich war dort bei einer Rocker Party der Saints.“

„Der Anführer von White Race, sind Sie das?“

„Das bedeutet nicht, dass ich eine Straftat begangen haben.“

„Und im Dark Netz verhökert ihr Drogen. Und besorgt euch Waffen.“

3190 „Leute, mein Leben ist in Gefahr, die knüpfen schon den Schlinge aus dem Seil, ich bin nach KH Braun der nächste Todeskandidat.“

„Okay, für heute ist es genug. Nur eine Frage noch?“

„Ulf Schiller hat einen Jungen entführt, hörten Sie davon etwas?“

„Ich hörte Stadelheim und Schiller darüber reden, sie waren sich nicht sicher, ob sie es tun würden."

„Abführen."

Zwei Beamte kamen herein, die Reise zurück zur Zelle war ein
3200 Katzensprung. Harte Fakten, über die Entführer waren im Kasten. .

Jason ging zum Griechen, Heidi übergab ihm die Liste mit Freunden von Anna. Und Fotos. Die Hörner bliesen zur Jagd. Er fuhr zum Friedrich-Eugens-Gymnasium , West, das Schicksal nahm seinen Lauf. Im Schulhof, die Rasselbande, Emil und die Detektive, manche spielten Fußball, andere schubsten einander herum, formiert in kleinen Gruppen. Er ging zu einer, blieb stehen, blinzelte.

„Ich suche Rolf Hiller."

3210 „Unter dem Basketball Korb. Rolf, du hast Besuch."

Er kam. Ein Lulatsch, mit lockiger Hippie Frisur.

„Na, Alter, was gibt es?"

„Du kennst Anna?"

„Ja, geile Alte. Ich bin nicht ihr Typ."

„Wann habt ihr euch zuletzt getroffen?"

„Im Kowalski."

„Und wer war mit dabei?"

„Ich kann mich nicht erinnern, ich war voll."

„Und was hast du danach gemacht?"

3220 „Sie bumst mit jedem, ich dachte, ich stehe im Wald. Sie nimmt Joey mit nachhause. Die Pfeife."

„Wo ist er?"

„Der ist Halbprofi spielte bei den Kickers. Er ist von der Schule geflogen. Ob es stimmt, was er erzählt, weiß ich nicht. Er quatscht viel. Träumt von der Bundesliga, würde zum VFB wechseln. Sein Spielerberater ist Uli Färber."

„Wo wohnt er?"

„Degerloch. Nähe vom Waldau Stadion, sein Alter hat Kohle, ist Manager beim Daimler, ein hohes Tier. Er kam oft im SVU vom
3230 alten Herr. Ja, glücklich in die Welt geworfen."

„Und was treibst du für einen Sport?"

„Judo, Karate, Kickboxen ab und an. Ich bin nicht ehrgeizig. Ein Hobby. Mehr nicht."

„Gut, danke."

„Tschüss."

„Ach, der Nachname von Joey."

„Grün. Joey Grün."

Jason ging zum Auto, fuhr nach Sindelfingen, zum Breuninger Land, Lunch im Asia oben, Ente mit Zitronengras Koriander Sud,
3240 Ingwer, Chili, schmeckte, er wartete auf sein Team, nicht schlingen, kauen, das Duo Undercover, Saleh und Naomi. Das Handy klingelte. Sie warteten auf dem Park Platz. Ronja Dumas wohnte in der Nähe der Stadthalle. Jason stieg in den Ford Transporter. Getönte FBI Scheiben. Aus den Lautsprechern Musik Sultan of Swing, Dire Straits.

„Was machen wir mit ihr?" , fragte Naomi.

„Erstmal grillen. Mal sehen, ob sie singt.", warf Saleh ein.

Er trug eine Ray Ban Sonnenbrille, Naomi knabberte Chips.

„Gestern schaute ich Außer Atem, ein Film von Jean Luc Godard,
3250 mit Belmondo.", knurrte sie.

„Geiler Streifen. Die Story von Michel, dem Autodieb. Der verliebt ist in Patricia. Gespielt von Jean Seberg.", äußerte sich Jason. „Gib Gas, Saleh."

Fünf Minuten Fahrt. Raus, in den Kampf Modus, Jason klingelte, sie öffnete, im Bademantel, auf dem Atlantic Hotel Hamburg stand.

„Wer sind Sie?"

„Keine Angst, können wir reinkommen."

Sie gingen zum Wohnzimmer, eine offene Küche, auf dem Tisch
3260 stand Gin und Tonic Wasser, Corn Flakes Box, ein voller Aschenbecher. Sie setzte sich auf das Chaiselongue, IKEA blau.

„Kennen Sie Ulf Schiller?"

„Nein."

„Und Rita Schober?"

„Ich muss keine Aussage machen, sind Sie von der Polizei?"

Jason zückte seinen Ausweis.

„Hat Rita Schober Sie beauftragt, den Jungen Kölbl zu betreuen."

„Gut, das stimmt. Ich habe nichts verbrochen."

3270 „Es handelt sich um eine Entführung, eine schwere Straftat. Für Beihilfe gibt es empfindliche Strafen."

„Sie hat dies nie erwähnt."

„Wo ist Rita Schober?"

„Keine Ahnung, ich traf sie auf einer Vernissage des Kunstverein Böblingen. Sie ist liiert mit dem Kunstmaler Hans Hahn."

„Wo könnte Sie sein?"

„Bei ihm."

„Wo wohnt er?"

3280 „In einer Blockhütte, Nähe Steinenbronn, im Wald."

„Gut, danke."

Sie zogen ab, Ruhe vor dem Sturm, es hieß Jason Mueller sei zu besessen, und unvorsichtig, ein Hallodri, ein tiefgründig denkender Mensch kommt sich vor wie ein Komödiant, und muss erst die Oberfläche bearbeiten, Friedrich Nietzsche, die Begriffe der Politik, wie Gerechtigkeit waren verbraucht, abgenützt. Deshalb wurde die Justiz in Frage gestellt, und Jasons Vater sagte, wenn du zu viel Bücher liest wirst du verrückt. Das ging ihm durch den Kopf, als sie auf der Lauer 3290 lagen.

„Scheiß Politik. Hast du Blade Runner 2049 gesehen? fragte Saleh.

„Nein, noch nicht."

„Auf Netflix kannst du anschauen."

Hahn kam herangebraust, in einem alten Mercedes, keine Spur von der Schober.

„Welcher Teufel treibt euch?"

„Kripo Stuttgart."

„Was? Wurde ein Toter gefunden?"

3300 „Spielen Sie auf jemanden an?"

„Nein, wurde jemand überfallen?"

„Herr Hahn, kennen Sie Rita Schober?"

„Keine Ahnung er das ist?"

„Man sieht Ihnen an, dass sie lügen."

„Zeigen Sie mir ihren Ausweis, Herr?"

„Jason Mueller."

Er zückte die Marke.

„Was hat sie verbrochen?"

„Wenn Sie die Dame schützen, begehen Sie eine Straftat,
3310 Beihilfe zum Mord."

„Wenn ich davon nichts weiß, komme ich nicht in die Hölle."

„Kennen Sie Stadelheim?"

„Nicht persönlich. Ich hörte was von Rocker Treffen, an der Hahn Seebruck Mühle. Ich war in der Gaststätte, die etwas entfernt liegt, wenn sie den Wanderpfad nach rechts nehmen."

„Und Ulf Schiller? Ist der ein Amigo von ihnen?"

„Nein, ich bin Künstler, ein Einzelgänger."

„Der Steppenwolf."

„Genau, besuchen Sie die Kneipe. Der Wirt Walter Stäbler kennt
3320 sich in der Gegend aus. Schlösslesmühle."

„Danke für den Tipp."

Er drehte sich um, ging in seine Hütte. Mit ihm stimmte was nicht. Sie fuhren zurück, in den Tal Kessel, über den Flughafen, Degerloch.

„Er wird ab morgen überwacht. Der hat Dreck am Stecken."

„Geht klar, Chef."

Sie parkten im Heusteigviertel, gingen in die Wohnung von Jason, der mixte Mojito Cocktails, Minze, Rum, brauner Zucker, Eiswürfel. Sie hörten die Stones, Paint it black, Angie, Start
3330 me up.

„Des Rätsel Lösung liegt bei Hahn begraben."

„Was ist mit der Vergewaltigung?", fragte Saleh.

„Habe zwei Kerle im Visier."

„Ruhe dich aus."

„Ich muss den Jungen finden, tot oder lebendig. Sonst kommt keine Ruhe rein. Das ist schwer belastend für die Familie. Es muss eine Gerechtigkeit geben."

„Kommt darauf an, was man darunter versteht.", warf Naomi ein.

„Ich bin kein Philosoph."

3340 „Das verstehe ich, du bist melancholisch."

„Der Alkohol tauft die Gedanken und sie verschwinden."

„Rauch nicht zu viel Cannabis."

„Danke, Mama."

Die Nacht legte sich über die Stadt, die Luft wurde besser, der Mond schimmerte gelb, ein paar Drinks und sie trennten sich. Die Aufgaben waren verteilt.

11

Am Morgen fuhr das Team nach Steinenbronn, während Jason in der Stadt bliebe. Eine Person zu suchen, konnte einem Angst 3350 machen, das war eine Odyssee, ihm kam die Stadt wie ein Dschungel vor, kurz ein Kaffee trinken, er konnte nicht sitzenbleiben.

Draußen wartete Krakow, der Russe Klan Capo, er dampfte an einer E-Zigarette, roch nach Alkohol. Diese Russen konnten saufen.

„Jason, was geht ab mit den Bullen?"

„Was meinst du?"

„Die Scheiß Rumänen versorgen die Altstadt mit billigen Nutten, zum Dumping Preis."

3360 „Und was hat das mit mir zu tun?"

„Die wohnen in Böblingen in einem Hotel, am Marktplatz, Hotel Decker."

„Dachte im Reussenstein."

„Da wohnen amerikanische Offiziere."

„Du blickst durch. Die Stadt wird sich darum kümmern."

„Alle vierzehn Tage bringen sie neue Mädchen."

„Ich bin nicht in der Lage dir zu helfen."

„Finde raus, wer der Anführer ist."

„Soll ich ihn umlegen?"

3370 „Genau, wenn du Kohle anschaffen willst."

„Ich bin dann mal weg. Putz deine Zähne, du stinkst."

Der Russe starrte ihn grimmig an, drohend. Was soll der Geiz?

Jason ging zum Auto, fuhr nach Degerloch, Waldau, Fernsehturm, er parkte am Stadion, wenige Meter, an der Klingel, Familie Grün, er läutete, gespannt, wie ein Flitzbogen, der Konkurrenz Kampf im Sex Gewerbe war groß, die setzten Milliarden um, und dann der Menschenhandel, steuerfrei, the Dark Zone, zwanzig Minuten mit der Frau kosteten zwanzig Euro, Aldi Sex, to Go. An einem Tag verdient eine der Dirnen vierhundert Euro.

3380 Zwanzig Freier. Hartes Geschäft. Die Magie des Rotlicht Bezirks. Sein Gehirn lief auf Hochtouren.

Die Haushälterin öffnete.

„Ich möchte mit Joey sprechen."

„Ein Moment."

Sie ging zurück, nach ein paar Minuten erschien er.

„Bist du ein Cop?“

„Sam Spade Detektei.“

„Sam, ich bin stoned, kannst du andersmal kommen.“

„Was passierte mit Anna und dir.“

3390 „Nichts.“

„Es gibt Aussagen, dass du mit ihr den Abgang machtest.“

„Ich brachte Anna heim. Danach ging ich zur S-Bahn, Station Feuersee, Stadtmitte stieg ich aus, fuhr zurück, über den Charlotten Platz. Nothing happend.“

„Pack aus. Es war ein Unfall, SM Spielchen.“

„Quatsch mit Soße. Du hast eine Fantasie, die dich in die Irre führt.“

„Hier meine Karte, ruf mich an, wenn du deine Meinung änderst.“

3400 Jason drehte sich um, zurück, zum Park Platz, alarmierender Anruf, ein Toter am Bolz Platz, der Grün Bau, ein schönes Anwesen, ob Zetsche vom Daimler noch in der Gegend wohnte.

Egal, aufs Gaspedal drücken, kein schöne Ansicht, Stadelheim hing am Basketball Korb. The Tequila Hang man hatte wieder zugeschlagen.

„Ging es da um Drogen, Jason.“

„Vermutlich, man muss in alle Richtungen ermitteln, es könnte in einem anderen Zusammenhang stehen.“

„Welcher?“

3410 „Man muss weiterdenken. Vielleicht steht es in der Reihe mit der Attacke auf die Synagoge.“

„Bis jetzt ist nichts hundert Prozent bewiesen."

Die Spurensicherung traf ein, vom Kriminal Dauerdienst, ein Auto hielt, SVU, Fritz Bauer und Luc Bosch kletterten heraus.

„Nun, meine Herren. Zwei Mordfälle stehen im Mittelpunkt: A KH Braun, in Stammheim ermordet, B: Stadelheim, vermutlich waren es die Mexikaner.", sagte Fritz, lakonisch.

Luc Bosch zündete eine Zigarette an, schwieg.

„Und die Attacker, Fritz.", fügte Schirmer hin.

3420 „Wir müssen den Jungen Kölbl finden, unbedingt."

„Jason, du hälst dich raus.", warf Schirmer ein.

„Na klar, Chef. Ich gehe treu und brav zur Therapie."

Die Cops schauten sich um, ein Feuerwehrmann, stieg auf die Leiter, um den Strick durchzuschneiden, ein paar Junkies starrten auf die Szene.

„Habt ihr was gesehen?", fragte Schirmer.

„Nein, der Trachtenverein kann uns mal. Die Bullerei geht uns auf den Senkel."

„Legt ihm Handfesseln an."

3430 Franz Kirsch machte das.

„Ich habe nichts gesehen."

„Wir klären das auf der Wache? Ausweis."

„Ich bin wohnsitzlos, Alter. WSL. "

„Wenn du die Ermittlung behinderst, landest du im Knast."

„Meine Güte, das ist Urlaub für mich, Meister der Polente. Das geht mir am Arsch vorbei."

„Sicher finden wir Drogen an dir."

„Das sind nur drei Gramm, Sherlock Holmes."

Franz durchsuchte ihn, und sein Rucksack, sein Schäferhund
3440 bellte.

„Ich kann Stalin mitnehmen, oder?"

„Der kommt ins Tierheim."

„Scheiße, Mann."

„Rein in die grüne Minna."

Zwei Polizisten führten ihn zum Streifenwagen, sie mussten auf den Bericht der Pathologie warten, man war nie sicher, ob der Todesart, dem Zeitpunkt, wann das Geschehen passierte, der Misthaufen vergrößerte sich, keiner von ihnen war ein Philip Marlowe, Der große Schlaf, Autor Raymond Chandler, verfilmt,
3450 mit Humphrey Bogart, der schnippelte nur mit dem Finger, schon war der Mörder gefunden, oder die vermisste Person. Die Detektiv Figur Sam Spade stammte auch aus seiner Feder, er schrieb unter verschiedenen Namen. Er musst mal wieder Chandler lesen. Jason war ein Krimi Fan. Er war unschlüssig, über den nächsten Schritt. Möglich, das Team entdeckte bei der Observation von Hahn etwas, oder Rita Schober tauchte auf, Ronja Dumas war auch nicht koscher. Ulf Schiller war meschugge.

„Verdammt, Schirmer, ich möchte, dass Jason mit uns
3460 ermittelt."

Kein Problem, Fritz. Und wenn was passiert."

„Ich nehme das auf meine Kappe."

„Aber er muss die Therapie Termine einhalten."

„Klar, er soll die Ärztin anrufen, vielleicht kann er dort schon um acht auf der Matte stehen."

„Ich rufe Dr. Motz an."

„Klasse."

„Die Entführer lassen sich Zeit. Mit der Freilassung."

„Sie wollen mehr Geld, die Forderung wird kommen."

3470 „Wir treffen uns morgen früh am Furtbach Krankenhaus, Jason." ,raunte Fritz.

„Geht in Ordnung."

Die Party war zu Ende, Spuren gesichert, der Leichenwagen tauchte auf, Stadelheim verschwand in einem Zinn Sarg, die lange Reise begann für ihn, wurde er zu einer Blume, oder Biene, kam es zur Wiedergeburt, einem Karma Flow, niemand konnte dies beantworten, nicht mal Platon, der Philosoph, oder andere Denker. Selbst die Hölle war nicht bewiesen. Oder die Kreuzigung von Jesus Christ, auch dies war ein Kriminal Fall.
3480 Wurde Jesus vorher schon ermordet? In Wessen Auftrag handelte der Mörder? Gab Pontius Pilatus den Befehl? Um die Sache zu verheimlichen, auf die Schnelle Art zu lösen?

Ulf Schiller spielte Schach mit Rudy Kölbl. Er war fürsorglich, hatte ihm neue Kleidung besorgt, einen Kopfhörer, und ein weißes kleines Radio, von Rossmann, Ritter Sport Schokolade, Traube Nuss. Und sogar einen Big Mac mitgebracht. Sie redeten über den VFB. Im Boden war eine Klappe, unten war Rudys Verlies. The Dark Room. Für Bad Boys, wie Schiller sagte.

3490 „Der VFB steigt auf, Ulf."

„Kann schon sein. Hamburg verlor gegen den FC St. Pauli."

„Hast du meinen Vater angerufen."

„Noch nicht."

„Warum?"

„Die Sachlage ist, du hast mein Gesicht gesehen, du kennst mich."

„Willst du mich aus dem Weg räumen."

„Nein, aber tote Zeugen reden nicht, es würde mir echt leidtun, wenn ich das machen müsste."

3500 „Ich rede nicht, du hast immer eine Maske getragen."

„Die Bullen haben ihre Tricks, Kleiner. Du bist mir sympathisch."

„Wie willst du mich töten?"

„Mit Zyankali, das ist kurz und schmerzlos. Die Nazis hatten Kapseln mit dem Gift. Was willst du studieren?"

„Medizin, eigentlich Musik, aber mein Vater war dagegen."

„Brotlose Kunst."

„Ja, nicht jeder kommt in ein Philharmonie Orchester."

„Was ist dein Instrument?"

3510 „Klavier."

„Chopin?"

„Ja, auch, Jazz ist mir lieber."

„Da verdienst du Peanuts."

„So, ab in das Loch."

Schiller öffnete das Gefängnis, Rudy stieg hinab, legte sich auf die Pritsche, betete, Zwiesprache mit Gott und Jesus Christus, er schlief sofort ein, verfiel in diffuse bizarre Träume, Super Man würde kommen und ihn befreien. Plötzlich überall Blut, er erwachte, warf eine Zoplicon ein, die

3520 Schiller ihm besorgt hatte. Schön wäre es, die BKA Beamten holten Jason am Furtbach Krankenhaus ab. Der warf seinen Körper rein, auf die hintere Sitzbank. Der Bericht war da.

„Er war vorher dem Galgen schon tot."

Fritz Bauer schaute in den Rückspiegel.

„Und die Todesursache?", fragte Jason.

„Zyankali."

„Schiller kommt in Frage, er wollte einen Komplizen loswerden. Und wollte den Verdacht auf die Mexikaner lenken."

„Kein schlechter Gedanken, um dies zu überprüfen, müssen wir
3530 Schiller finden."

Jason dachte an Moshe Friedman, der auf der Jagd war, um den Synagoge Attacker zu finden, er ließ den Gedanken im Kopf stecken, Mossad Agenten waren nicht mit dem Nussknacker zu öffnen, und ohne Beweise konnte er ihn nicht beschuldigen, du brauchst Glück, um den Fall zu lösen, Kommissar Zufall, beichte, bete und hoffe, Glaube, Liebe und Hoffnung, der Tag flog vorbei. Sie waren im Siebenmühlen Tal, durchsuchten das Haus von Hahn, der nicht da war.

Er kam.

3540 „Was machen Sie hier?"

„Ein Besuch informativ."

„Haben Sie einen Durchsuchungsbefehl?"

„Gefahr im Verzug. Wir fanden Blutspuren."

„Na und, sie jagen mir keine Angst ein."

„Kennen Sie Stadelheim, Ulf Schiller?"

„Entfernt."

„Sie kommen mit. Auf das Präsidium."

Sie schoben ihn in den SVU, sie hielten kurz an der Schlösslesmühle, Fritz Bauer redete mit Stäbler, dem Wirt, im

3550 Biergarten, voll mit Wandersleute, im Früh Tau zu Berge.

„Kennen Sie Stadelheim, oder Ulf Schiller?"

„Ja, beide waren öfters da, mit einer Gruppe von Männer."

„Haben Sie in letzter Zeit Schiller gesehen?"

„Nein, Stadelheim jagte oben, mit anderen Jägern. Wenn sie das Lokal verlassen, links, dann rechts, sie müssen in den Wald hinein, oder den Wanderpfad hoch, nicht rechts zum Sägewerk abbiegen."

„Danke, schönen Tag."

„Ade."

3560 Fritz Bauer ging zum Auto, zurück nach Stuttgart, wenn sie den Wald durchkämmen wollten, brauchten sie mehr Man Power, sonst kam der böse Wolf, und würde sie fressen, mit Haut und Haar, Spaß muss sein, sprach Wallenstein. Auf der Fahrt.

„Jason, am besten du hälst dich an die Moral."

„In wie fern?"

„Die Fälle, die du nebenbei bearbeitest."

„Mein Colt sitzt nicht locker, wenn du das meinst."

„Der Mensch neigt dazu, Richter zu spielen."

„Ich glaube, jeder bekommt einmal seine gerechte Strafe."

3570 „Hoffentlich."

„Ich bete oft, Fritz."

„Wir sollten alle beten. Glaube versetzt Berge."

„Nehmen wir an, jemand tötet deine Frau, und die Kollegen schaffen es nicht, Beweise gegen den Täter zu finden. Was machst du dann?"

„Ich bringe ihn um."

„Jeder hat seine eigene Hölle. Seine Kopfkrankheiten. Ich mag Hieronymus Bosch. Mit seinen absurden Bildern, Figuren, mit Eselsköpfe, satanische Wesen, so stelle ich mir die Hölle

3580 vor."

„Kann auch das Paradies darstellen."

„Wir reiten auf einer scharfen Klinge."

Im Revier brachten sie Hans Hahn ins Verhörzimmer, er wirkte gelassen, er setzte sich.

„Kaffee?", fragte Fritz.

Hahn lachte.

„Das ist nicht Miami Vice, Leute. Den Trick kenne ich."

„Zigarette?" , bot Jason an. Hielt ihm die Box hin. Ne schöne starke Gitane.

3590 „Warum nicht."

Er steckte sie in den Mund, Jason gab ihm Feuer.

„Danke."

Er rutschte auf dem Stuhl hin und her, paffte.

„Nun, Herr Hahn, woher stammt das Blut? Von wem?"

„Mein Kanarienvogel kotzte Blut."

„War Rita Schober bei Ihnen?"

„Nein, Ronja Dumas, wenn ich mich recht erinnere. Ich leide an der Parkinson-Krankheit. Mein Gehirn will nicht mehr, so wie ich will."

3600 „Wie ist ihre Beziehung zu ihr?"

„Sie ist ein Callgirl. Entweder besucht sie Freier, oder sie kommen zu ihr."

„Hat sie was erzählt?"

„Nein, sie will einen Porsche kaufen."

„Verdient sie so viel?"

„Nehme ich an."

„Kann es sein, sie ist in ein Verbrechen verwickelt?"

„Alles ist möglich, sie ist eine Bitch. Ausgekocht."

„Haben Sie ihre Telefonnummer?"

3610 „Ja, wollen Sie die?"

„Ja, schreiben Sie es auf den Zettel."

Fritz steckte den Wisch ein.

„Sie können gehen."

Er zog Leine, immerhin hat das Gespräch was gebracht. Kein Grund zu jubeln, der Fall weitete sich aus, die neuste Nachricht von Interpol, die Mexikaner bauten in Spanien ein Labor und Farm auf, Jason fuhr zurück, mit der Stadtbahn, er rätselte hin und her, wegen Moshe Friedman, der war gefährlich, Mission zum Töten, wer weiß?

3620 Jason war unzufrieden, da der Fall im Mühe bereitete, er rollte ein Stein hinauf, ein anderer rollte hinab, er ging zur Altstadt, am Breuninger Parkhaus vorbei, er traf Moshe Friedman.

„High, Mister Kommissar. Schade, dass Bill Edda tot ist. Hast du was herausgefunden?"

„Nun, die Mexikaner sind in Spanien, Sache von Interpol."

„Beppo Basten, Mendez, the Hang Man?"

„Gut, die finde ich."

„Willst du Bill rächen?“

3630 „Schweigen ist Gold. Kommt darauf an, wie ich an dem Tag aufgelegt bin.“

„Und was passierte mit Stadelheim?“

„Den habe ich aus den Augen verloren.“

„Er ist tot.“

„Der hatte viele Feinde, würde mich nicht wundern, wenn der Mörder ein Cop war. Du kannst mitkommen, Flug über Paris, Madrid. Meine Firma zahlt das.“

„Mal sehen, ruf mich an.“

„Ich bin nicht sicher, ob es was bringt. Der Boss von den
3640 Ganoven ist in Juarez. Und wenn ich mit ihnen abrechne, muss ich ihn auch töten. Du musst der Schlange den Kopf abhacken. Das ist ein Krieg, ein globaler Krieg. Sie verdienen sich eine goldene Nase. Was kostet Kokain?“

„Sechzig bis achtzig Euro.“

„Die schmuggeln tonnenweise den Schnee über die Grenze, operieren weltweit.“

„Die Drug AG.“

„Gut, ich muss nach Vaihingen. Zu der Ami Kaserne.“

„Bye.“

3650 „Have fun."

Jason ging weiter, an der Leonards Kirche vorbei, ein VW Transporter fiel ihm auf, mit rumänischer Nummer, er fotografierte, Frauen stiegen aus, junge, sehr jung, Mädchen, vielleicht war Moshe ein Killer, aber was konnte er tun?

Ihm waren die Hände gebunden, und mit ihm sich anlegen, war gefährlich.

Ein Typ mit langen Haaren, Seehund Schnauzer kam. Er sprach gebrochenes Deutsch.

„Mann, wieso fotografierst du uns?"

3660 „Ich muss Ihnen keine Auskunft geben."

„Gib die Kamera her."

„Nein, Kripo Stuttgart."

Jason zückte seinen Ausweis.

„Halt dich raus, sonst verbrennst du dir die Finger."

„Ich dachte, es handelt sich um ein gestohlenes Auto."

„Ich bin Tirac merk dir den Namen gut."

„Ich kann ihnen gewisse Informationen geben."

„Über was?"

„Razzien, Besuch von der Polizei. Ermittlungen."

3670 „Gut, gib mir deine Handynummer."

Jason gab ihm seine Karte.

„Sam Spade, wenn du nicht aufpasst, ficke ich dich, und zwar im Stehen."

„Plata or Plomo."

„Ha, a la Pablo Escobar."

Er gab Jason Geld, der steckte die Scheine ein.

„Kauf dir was Schönes."

Er ging zurück zum Auto, Jason ging zum Brunnen Wirt, verdrückte einen zarten Schweinebraten, mit Spätzle und 3680 Wirsing, das war wieder eine spontane Aktion, mit dem Rumänen, das war gefährlich, die Information konnte er an die Russen verkaufen, er war klamm. Tirac war brutal, skrupellos, verwegen, ein Profi Verbrecher, Menschenhändler. Dies Infos hatte er von einer Dirne bekommen, nachdem Gespräch mit Krakow. Das würde ein Blutbad ergeben, deshalb zögerte jetzt, mit dem Russen zu reden. Widmete sich seinem Essen, als er fertig warm, rauchte er eine Filterlose.

Lulu von Speed Dating, eine Nachricht, eine andere von Gise, er antworte nicht, er zögerte, verschob es auf später. Er 3690 zahlte, ging zurück, er hatte von seinen Partner nichts gehört, er sorgte sich um sie. Er kiffte, wegen seinen

Depressionen. Er fühlte sich müde, das kam von den Tabletten. Vielleicht sollte er für ein paar Wochen in ein Kloster gehen.

Am nächsten Tag, Jason nahm den Anruf nicht an, er hatte die Schnauze voll, BKA, on the Road, Alarm im Hafen, sie fuhren zum Siebenmühlen Tal, mit Verstärkung, vom Parkplatz Stäbler, rauf in die Büsche, Hopfen und Malz, Gott Erhalts, der Himmel blau, die Blätter der Bäume färben sich braun, VFB Stuttgart gegen Greuter Fürth heute, auf dem Liveticker führt der VFB,
3700 Tor Didavi, fünfzigtausend Zuschauer, Engelswetter, Blue in Blue, lustig ist die Jägerei. Ein Reh zeigt sich, dunkle schwarze Augen, starre Haltung, huscht zurück ins Dickicht, ein Falke schwebt dahin, ein Kondensstreifen von einem Flugzeug.

Ein Schuss fiel, jetzt eine Salve, wie von einem MP, sie rannten los, auf dem Boden liegt Ulf Schiller, Fritz fordert den Notarzt an, Sanitäter, würde er sterben, er atmet schwer, das ist der Hammer, Blut überströmtes Gesicht. Sie tragen Schiller auf den befahrbaren Waldweg.

3710 Endlich, der Arzt untersucht ihn, setzt eine Spritze, auf die Trage, ob er überlebt, ist fraglich, knurrt der Arzt, rein in den Karren, ab nach Böblingen, die Cops suchen weiter den Wald ab, um Spuren zu sichern. Ein böser Tag zwischen Morgen- und Abenddämmerung.

Jason setzte sich in den Jaguar, fuhr hinaus, über den Flughafen, Richtung Steinenbronn, zum Haus von Hans Hahn, keine Spur von seinem Team, war etwas passiert?

Er stieg aus, klingelte. Hahn öffnete, sein Dalmatiner bellte.

„Picasso, ruhig, sitz."

3720 „Ich kaufe nichts."

„Haben Sie einen Ford Transporter gesehen, Stuttgarter Nummer?"

„Das BKA hat mich schon verhört."

„Es geht um einen Unfall."

„Da war einer vorne an der Straße."

„Wann?"

„Ein zwei Tage. Dachte mir gleich, dass das Bullen sind, überwachten die mich?"

„Nein, das sind die Wander- Pioniere. Sie nehmen Leute auf
3730 hier und wandern hier, das ist ein Treffpunkt, oder sie nehmen die Touren in Tübingen, bei der Mostburg, oder in Bebenhausen. Wurmlinger Kapelle. Hölderlin Wanderungen."

Jason ging zum Auto, irgendetwas stimmte nicht, er fuhr zur Schlösslesmühle, er musste einen abseilen, Schirmer klingelte, was wollte der Alte, gut, ein Therapie Gespräch, es sei Crack in Stuttgart aufgetaucht, nein, Boss, davon weiße ich nichts,

ich hörte E-Zigaretten seien schädlich, ich bin alte genug, um zu sterben, raunte er, schau dich um, Jason. Fuck, noch ein Thema, Null Bock, seine Karriere bei den Blue-Pigs war
3740 beendet. Finito. Game over. Von Jason sagten sie, er würde Vabanque spielen, immer auf Messers Schneide reiten, andere meinten, er sei schizophren, hätte eine Psychose, durch das viele Cannabis, das er rauchte, Jason war fertig, er fuhr zum Furtbach Krankenhaus, redete mit Dr. Motz, sie wies ihn ein, stationär, auf der Station redete mit ihm Dr. Eva Scheuerle, ein kurzes Gespräch, er ging danach hinaus, die hatten alle keine Zeit, er war freiwillig hier, konnte jederzeit auschecken, wurden seine Partner getötet, oder entführt?

Er hatte keinen Willen oder Kraft mehr, er war nicht
3750 psychotisch, gab es hier kein Dr. Freud Kokain?

Er setzte sich im Flur, neben eine Farbige, nicht schlecht, Herr Specht. Sie sah ihn an.

„Du hast ein schmales Gesicht, du siehst gut aus. Wie heißt du?"

„Sam. Same Spade."

„Gehst du mit zur Dusche?"

„Wieso?"

„Ich blase dir einen."

„Arbeitest du im Sex Gewerbe?"

3760 „Part Time."

„Woher stammst du?"

„Cape Verde, Sammy."

„Ich gehe einen rauchen."

„Mann, es ist gleich Kunst Therapie."

„Scheiß darauf. Auf die Heilkur."

„Ich bin Rita Green. Jederzeit betreue ich dich sexuell, weil ich dich mag."

Er stand auf, ging die Treppe runter, rauchte vor der Klinik, ein altes Backstein Gebäude, links hingen Junkies ab, den
3770 Platz kannte er. Also, wenn er Gras brauchte, war der Weg nicht weit. Lange würde er hier nicht bleiben, er vermisste Naomi und Saleh. Waren sie in eine Höllen Falle geraten? Und was war mit dem jungen Kölbl?

Rita war eingewiesen worden, das Kind dem Mann zugesprochen, sann sie auf Rache, zwei Tage später wurde bei ihr ein Messer gefunden. Sie sperrten ihren Ausgang. Sie durften nicht hinaus. In a hot Stuttgarter Night, er hörte über die Ears, Hurricane, von Bob Dylan.

12

3780 Der „Apotheker" ein deutscher Chemiker, der arbeitslos war, seine Firma hatte ihn gefeuert, wegen seinem Koks Konsum, er puderte ständig seine Nase, baute in der Nähe von Wildbad, ob mitten im dichten abgelegenen Wald, ein Labor auf, in einem alten baufälligen Jägerhaus, die Mexikaner Abordnung überprüfte seine Fortschritte, sie wollten die Export Wege verkürzen. Das war ein großes Risiko, den das BKA pennte nicht, sie waren am Ball. Und Bill zu töten, war ein schrecklicher Einfall, das provozierte die Behörden, der Boden wurde heiß. Caldera.

3790 Hier war der Plan Crack und Crystal Meth zu produzieren, so suchten die Mexikaner nach und nach deutsche Verbündete, „La Revolucion Verde" nannte sich die Gruppe, das Emblem mit einer Cannabis Pflanze war ironisch zu sehen, es war ihr Versuch den europäischen Markt selbst an Orte und Stelle zu kontrollieren. In Spanien experimentierte sie mit Cannabis, um einen höheren THC Wert zu erzielen, in dem Gebiet war ein Gewächshaus unauffällig, dort gab Obst- und Gemüse Farmen. Hier hatten sie lokale arme Campesinos angeheuert. Verbrannte Erde. Ein hohe Hausnummer, Fritz Bauer und Luc Bosch setzen sic h

3800 nichtsahnend in ein Flugzeug, in Echterdingen, Viva espana, sie mussten mit Interpol zusammen die Tortillas finden, dieses fucking Kartell, aus Juarez, notfalls würden sie die DEA informieren, und nach Dallas fliegen, bzw. El Paso, die Grenzstadt, sie könnten beim Bau der Mauer helfen, ein Witz, Kabarett Kriminale, das Leben war nur mit Humor zu ertragen, wenn du Tag für Tag Leichen untersuchen musst, in Mexiko fanden sie hunderte von Müllsäcken in einem Brunnen, vierzigtausend Menschen gelten als vermisst, die Anarchie herrscht dort, Monate würde es dauern, wenn sie die Knochen in

3810 den Mülltüten untersuchten, kein Hahn krähte nach den Toten,

Jack Steven empfing sie am Airport, von Interpol Amsterdam, sie flogen nach Saragossa. Dort warteten schon Polizisten, mit

Autos. Sie stiegen ein, quetschten sich in den Sessel, schnallten sich an.

„Es gibt hier industriellen Hanf Anbau, so haben die das angemeldet." , meinte Steven.

„Was machen wir, wenn wir sie finden?", fragte Fritz Bauer.

„Am besten die Spanier raushalten."

„Und nach Deutschland bringen?"

3820 „Ja, über die Pyrenäen."

„Das kann uns in Teufels Küche bringen.", raunte Luc Bosch.

„Mal abwarten und Teetrinken.", sagte Steven.

Er trank einen Schluck von seinem Bloody Mary, strich über seinen Drei Tage Bart, gedankenverloren. Fritz ging auf die Toilette, um eine zu qualmen. Luc las in der El Pais, die größte Tageszeitung in Spanien. Der Flieger landete, sie stiegen aus. Auf dem Rollfeld zwei Polizeiwagen. Sie fuhren los, an Olivenbäumen vorbei, Pinien, Orangen Plantagen, Gewächshäusern. Sie mussten das Puzzle zusammensetzen, sie
3830 checkten in einem B&B ein, ein Auto blieb hier und Jefe Inspector Dante Zapata, ein harter Bursche, ein Rambo, das Gebiet mit den Feldern war groß, sie studierten die Karte, checkten die Umgebung, in der City eine Drogerie, aus der Pippo Basten kam, und Toro, der Killer, Steven fotografierte, beiden fuhren aus der Stadt, direkt zum Cannabisfeld, die Polizisten parkten, sie luden ihre Knarren durch, rannten hinein, die beiden waren überrascht, eröffneten das Feuer, Fritz Bauer traf Pippo in die Schulter, Toro kam mit erhobenen Händen, Steven legte im Handschellen an, Pippo Basten war
3840 verschwunden, sie suchten alles ab, im Büro war eine Boden Klappe, darunter ein Tunnel. Dante Zapata forderte Verstärkung an, sie filzten die Gärten, Basten war nicht zu finden.

„Okay, Jungs, haut ab, mit eurem Paket."

„Bist du der Tequila Hang Man?"

„Nein, ich bin Bauer, arbeitete auf der Farm."

Sie schoben ihn in den SVU, fuhren Richtung Grenze, vierzehn Stunden, über Andorra, Montpellier, Lyon, Straßburg, über Genf zurück war es etwas kürzer, übers Elsass war der sichere Weg, Basta, Go Team. Der Tunnel führte zu einem Labor, meldete 3850 Dante Zapata. Leider waren Mendez und Pippo Basten entkommen.

Jason hatte sich entlassen, Ergotherapie war nichts für ihn, Malen ging ja noch, Gespräche fanden keine statt, einmal die Woche kurzes Arzt Blabla. Der Chefarzt war arrogant, überheblich, ein Österreicher, Jason ging quer durch die Stadt, am Rathaus, Breuninger vorbei, nahm die Unterführung zur Altstadt. Er stieg in seinen Jaguar, fuhr zum Siebenmühlen Tal, durchsuche den Wald, er fand den Team Transporter, nun herrschte höchste Alarmstufe, er rief Schirmer, die Polizei Böblingen tauchte auf, Schirmer, mit ein paar Cops, sie 3860 grasten das Gebiet ab. Er klingelt am Haus von Hahn, Glück, Ronja Dumas war da, mit Kaffeebecher in der Hand, stand sie hinter dem Künstler.

Franz Kirsch legte ihr Handfesseln an, brachte sie zum Auto, sein privates, ein Mercedes 500, Schirmer holte seine E-Zigarette raus. Er überlegte, kurz, steckte das Gerät in die Sakko Tasche. Er warf einen Blick auf Jason.

„Ich sagte dir, du solltest dich raushalten."

„Zwei Leute werden vermisst, die mit mir zusammenarbeiten."

„Polizeiarbeit ist nichts für Amateure."

3870 „Darf ich die Alte vernehmen?"

„Das macht Franz. Hahn verhaften. Ich habe genug. Das BKA ist auf dem Weg hierher."

„Ist meine Karriere beendet?"

„Kommt auf das Gutachten an, ruhe dich aus, gehe zur Böblinger Therme, oder fahr ein paar Tage weg. Nach Aachen, oder sonst wo. Hamburg ist eine geile Stadt. Ich rufe Luco Bondy an."

„Wer ist das?"

„Er ist im Mord Dezernat beschäftigt, am besten tut dir eine Versetzung gut, einen Neuanfang, auf der Davidwache, bist du 3880 direkt am Kiez, das ist doch dein Ding. Streng dich an, wenn du mit ihm redest."

„Du willst mich abschießen."

„Nein, ich will dir helfen. Er hat Infos über Mendez und seine Bande."

„Das ist Sache vom BKA. Ich bleibe in Stuttgart und suche den Jungen. Und wenn ich versetzt werde, dann nach Böblingen. Und was ist mit Schiller?"

„Der ist nicht vernehmungsfähig."

„Weiter, Leute nach Norden jetzt."

3890 Sie wanderten weiter.

Jason zündete eine Filterlos an, öffnete eine Dose Red Bull Brause, er durfte sich nicht aufregen, das würde Schirmer gegen ihn verwenden. Klick, Feuer mit dem GI Zippo Feuerzeug, geheizt von Benzin, das stank.

Dann Jubelrufe, weiter oben die Schrebergärten, sie lebten noch, Jason rannte hoch. Polizisten banden die sie los. Jason umarmte sie. Schirmer war ein Witzbold, was sollte er in HH? Der meinte das nicht ernst. Dann lieber nach Baiersbronn.

„Sie gehen mit zum Präsidium. Wir müssen darüber sprechen."

3900 Jason fuhr im Jaguar, Naomi und Saleh im Ford, BKA, Spurensicherung traf ein. Toro saß in U-Haft in Stammheim. Gute Neuigkeiten. Herbstwetter, der goldene Oktober. Blauer Himmel, neunzehn Grad. Der Wein Jahrgang würde gut sein, war Zeit in Obertürkheim den Besen besuchen, letztes Mal war ein Liederkranz anwesend, Singen aus voller Kehle. Weingut Wöhrwag.

Im Verhörzimmer eins Ronja Dumas und Hans Hahn. Das BKA, Schirmer, Franz Kirsch. Im Raum zwei Naomi und Saleh.

„Was ist passiert?", fragte Franz Kirsch.

3910 „Wir observierten das Haus von Hahn."

„Weiter, muss dir die Würmer aus der Nase ziehen?"

„Plötzlich tauchten fünf Typen auf. Mit Pistolen in der Hand."

„Wie sahen die aus?"

„Sie trugen BW Kampanzüge und Masken. Sah aus wie eine Spezial Einheit."

„Und?"

„Sie fesselten uns und führten uns hoch zu den Gartenhäusern. Sie drohten, uns zu erschießen. Aber dann kam ein Funkspruch und sie sagten: Wir kommen zurück, ihr seid Ratten, die

3920 sterben werden. Bis gleich, raunte einer, sie gingen."

„Okay, sie können gehen. Dieser Fall ist nichts für Amateur Detektive, die Geschichte ist was für Profis. Die werden sie suchen. Rufen Sie uns an, wenn Ihnen etwas merkwürdig vorkommt."

Jason war outgesourct, ihm kam das seltsam vor, was soll der Geiz. Es war ihm zu blöde, er raste zurück zu seiner Wohnung, ging zum Griechen, Heid bediente ihn, Gyros Teller, Kristall Weizen, Begrüßung Ouzo, Ex.

„Na, wie läufts?"

3930 „Mühsam, ich halte zwei Typen im Auge, einer ist der Täter."

„Und wenn du ihn überführst?"

„Dann gebe ich den Fall an die Cops an."

„Und was passiert mit Anna?"

„Sie sollte sich auf die Verhöre vorbereiten, Dr. Motz von der Furtbach Klinik kann ich empfehlen."

„Gut, ich werde mit Anna darüber reden."

Lefty Montanas kam. Der Wirt.

„High, Sherlock."

Er stellte noch zwei Ouzo auf den Tisch. Sie ließen die Gläser

3940 klingeln.

„Gestern hatte ich zwei merkwürdige Besucher."

„Um was drehte es sich?"

„Sie wollen tausend im Monat Schutzgeld."

„Fuck, ist das Oakland, the Bad City. Waren es Griechen?"

„Nein, osteuropäischer Akzent. Russen, Polen, Rumänien."

„Ich werde mich drum kümmern, Lefty."

Er holte die Schnapsflasche und den Geldbeutel, er schenkte ein, gab Jason tausend Euro.

„Für deine Kosten."

3950 Jason steckte die Kohle ein.

„Du bist der Heilige der Altstadt."

„Nun, ich bin der Hamlet der Altstadt."

„Schreibst du noch?"

„Ja, ab und an, ein Krimi."

„Bist du der Hauptdarsteller."

„Ja, im gewissen Sinn. Nächste Woche komm zu meiner Vernissage. Hab einen Raum gemietet."

„Gut, ich liefere das Essen. Und den Alkohol."

„Griechischer Wein."

3960 „Udo Jürgens, leider tot."

„Siebzehn Jahr, blondes Haar, so stand sie vor mir, Großstadt Getriebe."

„Die alten Zeiten."

„Da kostete ein Schnitzel noch acht Mark."

„Okay, das geht auf meine Rechnung."

„Danke, ich mach den Abgang."

„Du siehst müde aus, penn dich aus, leg dich auf die Matratze."

Jason schüttelte seine Hand, macht sich auf seinen Weg, zurück 3970 in seine Bude, Ciao. Vollmond, tintenblauer Himmel. Der schwarze Mann geht um die Ecke, die Stadt verändert sich, zu einer Kopie von L.A. Jeder wollte nach oben, ein geiles Auto fahren, ein Haus besitzen. Das ging nur mit Einsatz der Ellbogen. Manche verloren den Boden unter den Füßen. Ein Schritt zu weit, und man war in der Scheiße. Aus einem ernsthaften Mann wurde ein Krimineller, ein Betrüger. Zuhause legte er die DVD ein, ein Thriller, mit Tom Cruise, Collateral.

13

3980 Die Vernehmung von Hans Hahn und Ronja Dumas war ein Griff ins Klo, brachte keine neuen Erkenntnisse.

Das andere Verhör in Stammheim, Toro hielt eine Bibel in der Hand:

„Toro, was für ein Motiv hast du? Warum tust das?", fragte Fitz Bauer.

„I do that for a living."

"Was?"

"Ich töte Menschen für Geld. Sodass meine Kinder auf die Universität gehen können. Meine Eltern waren arm, ich hatte 3990 die Wahl, arm zu bleiben, oder aufzusteigen. So ging ich als Sicario zum Kartell. Da ich sonst keine Chance im Leben hatte."

„Das ergibt keinen Sinn."

„Ich denke, immer, es ist ein Traum. Und Wirklichkeit bin ich ein anderer."

„Wer?"

„Im Traum bin ich ein Priester."

„Schöne Story. Wie von Cormac McCartney geschrieben. Border Trilogie."

4000 „Weiter habe nichts zu sagen. Ich werde nicht singen und jemand verraten. Ich bin keine Ratte. Die Wahrheit steht in diesem Buch."

„Die Bibel. Du bist ein Mensch und kein Heiliger. Gut, wir haben Zeit. Viel Zeit. Abführen."

Die Justiz Beamte eskortierten ihn zu seiner Zelle. Fritz Bauer wirkte nachdenklich.

„Ich mach mir Sorge wegen den BW Soldaten, vermutlich eine Terror Zelle."

„Oder sie wollen uns auf eine falsche Spur lenken.", warf Luc
4010 Bosch ein.

„Kann sein. Gehen wir was essen, Essen hält Leib und Seele zusammen."

Sie fuhren in die City, zur Markt Halle, im Markt Stüble offerierten sie schwäbische Küche, Glück, Tagesgericht Gaisburger Marsch, Brühe, Rindfleisch, Kartoffeln, Spätzle und Röstzwiebel, das brachte Sonne ins Herzen und Gemüt. Sie bestellten den Eintopf, und eine Brise Trollinger.

„Sollten wir nach Calw fahren. Ich denke der vom Verfassungsschutz weiß mehr, wie war sein Name?"

4020 „Carlos Blanc."

Anschließend noch ein Dessert, Ofenschlupfer. Hefekranz, Rosinen, Honig, Quark, Äpfel, Vanillezucker, Eier. Der Tag war gemacht. Die Arbeit endet nie. Das ging auf die Nerven, die Ungewissheit. Es waren noch einige Runden zu gehen.

Vor dem Bix der Russe, zufällig, Krakow, er erzählte Storys vom Pferd. Er saß auf der Terrace, er winkte. Jason setzte sich. Steckte eine Kippe an.

„Was geht mit den Mexikaner?"

„Sie haben Toro, den Hang Man."

4030 „Und Mendez, Pippo Basten?"

„Sie sind untergetaucht, vermutlich in Mexiko."

„Ich werde einen Agenten kontaktieren, vom russischen Geheimdienst."

„Sind die so wichtig?"

„Nein, ich will wissen, woran ich bin. Information gibt dir einen Vorsprung, ich war früher beim KGB, mit Putin in Ostdeutschland."

„Du brauchst mich nicht anzulügen."

„Glaube, was du glauben willst. Wird er ausgeliefert an die
4040 USA?"

„Kann sein, aber das wird dauern."

„Ich will mich von den Bohnenfresser nicht überraschen lassen?"

„Und die Rumänen?"

„Solange sie mir nicht in die Quere kommen, ist mir das scheißegal."

„Sie handeln mit Frauen."

„Das ist krimineller Kapitalismus, der Profit steht über allem."

4050 „Die wohnen in BB im Hotel Decker."

„Erstmal abwarten, was passiert."

„Ich dachte, du hast die auf dem Schirm."

„Nun, wir können Frischfleisch gebrauchen, denn wir expandieren. Bauen die Marke Puschkin aus, noch exklusiver, wie jetzt. Sterne Küchen, Zigarren Lounge, Weinbar. Spa."

„Große Pläne."

„Du kannst Security Chef werden."

„Nein."

„Denke darüber, bei den Bullen verdienst Peanuts."

4060 „Okay, danke für Das Angebot."

Er legte Geld auf den Tisch.

„Hol dir einen Gin Tonic."

Es wurde kühler, klar der Russe arbeitete mit Tirac zusammen, war nicht sein Bier, Jason holte seinen Drink, er ging zum Tisch von Gise, die eine neue Show moderierte, im Free TV.

„High, wie geht es dir?"

„Habe einen neuen Auftritt. Flaschendrehen lautet der Titel."

„Wow, mit Striptease."

„Ja, aber kein voller Strip. Oben Ohne. Ich war ja für Sag die
4070 Wahrheit als Überschrift, Sex verkauft sich gut."

„Und wie funktioniert's?"

„Zwei Frauen, zwei Männer, die über ihre Seitensprünge reden, eine Art Psychotherapie. Jeweils eine Ehepaar."

„Und du drehst die Flasche, den es trifft, muss beichten."

„Genau. Naja, Trash."

„Das gibt Zoff. Das läuft, Reality Shows."

„Müll. Lügen, Aggression. Zunder. Und bei dir?"

„Schirmer will mich kaltstellen."

„Wehr dich."

4080 „Wie?"

„Schnüffle in seinem Privatleben rum."

„Wow, dafür bin ich nicht geschaffen."

Der Himmel färbte sich grau, es begann zu regnen. Sie trennten sich. Krakow war weg, am nächsten Tag fuhr Jason nach Calw, trieb sich in der Stamm Kneipe Brückle der Elitesoldaten rum. Einer saß am Spielautomat. Jason baute sich auf.

„Kein Glück im Spiel, Glück in der Liebe. Gewinnt der VFB in Bielefeld morgen?"

„Bin Bayern Fan."

4090 „Sam. Wie heißt du?"

„Oskar Schade."

„Mich hat Roger Weber geschickt."

„Na und?"

„Zwei Asbach Cola mit Eis, Chef."

Der Wirt schenkte ein, sie prosteten sich zu. Cheers. Salve Cesar. Kippen, Schluck um Schluck.

„Ich war beim Bund Kampfschwimmer. Könnte ihr mich nicht gebrauchen? Wann habt ihr ein Treffen?"

„Wir treffen uns auf dem Parkplatz der Psychiatrie Klinik.
4100 Oben auf der Höhe, am ersten Donnerstag eines Monats. Bereite dich gut vor, du wirst durch die Wahrheitsmaschine geschreddert. Lügen kommen raus. Wenn du eine Bulle bist, bist du ein toter Mann. Sam, hast du Papiere dabei?"

„Nein, zuhause liegen gelassen. Mal sehen, ob ich kommen. Ich bin erkältet, Nase, Bronchitis, Husten, alles verschleimt."

„Besorg dir Gelomyrtol Forte. Das wirkt Wunder."

„Gut, danke. Ciao."

„Machs gut."

„Machs besser."

4110 Jason schwirrte ab, fuhr zurück, das war gefährlich, ein Schlangennest, er, immer mit seinen unbedachten spontanen Aktionen, er bereute das jetzt, wenn es Schirmer erfuhr, würde das sein Ende bei der Polizei bedeuten, er sollte seine Finger raushalten. Er dachte über den Vergewaltiger Fall nach, er hatte Fingerabdrücke gefunden, auf der Kippe, und er hat DNA Spuren, vom Sperma im Kondom. Er dachte schon seit Wochen darüber nach. Er musste den Fall den Kollegen übergeben, schaffte das Anna? Endlose Verhöre?

Vielleichte musste er die Sache beerdigen. Und er war kein 4120 Rache Engel. Ein Mann sieht rot, Film, mit Charles Bronson.

Eine Fußgänger fand eine Mülltüte am Bolz Platz, bei der Leonards Kirche. Er öffnete, übergab sich: Körper Einzelteile, sauber abgetrennt, mit dem Skalpell, eine Arme tauchte auf, darunter das BKA, Fritz Bauer, Luc Bosch, Schirmer, Franz Kirsch. Sie starrten auf die Reste.

„Das ist Pippo Basten.“, raunte Luc.

„Grausam. Ein neuer Mordfall.“, warf Schirmer ein. „Es wird immer schlimmer.“

„Wer kommt in Frage?“, knurrte Franz.

4130 „Mendez. Der Tequila Hang Man sitzt im Knast.“

„Und die Russen?“

„Ja, könnte passen.“, warf Fritz Bauer ein.

„Ein Bandenkrieg.“, versetzte Schirmer.

Die Spurensicherung traf ein, der Doc, der Fotograf.

„Saubere klinische Arbeit.“, meinte der Arzt.

„Möglich, dass Mendez wieder hier ist. Wenn er es nicht war, wird er das rächen. Knallhart. Schwere Zeiten brechen an.", erwähnte Fritz.

„An die Arbeit. Wir fahren nach Böblingen, Stuttgarter
4140 Straße.", schlug Luc vor.

„Warte noch. Ich klingle das SEK an. Zur Sicherheit."

„Wir machen das morgen, wir müssen uns vorbereiten."

Fritz Bauer steckte eine Zigarette, trotz Asthma. Ein Großeinsatz bestand bevor.

Am nächsten Tag, raus in die Provinz. Dreißig Minuten Fahrt. Ein Cop klingelte, keine Antwort, Rammeisen, Bum, rein im Laufschritt, gezückte Waffen, niemand war da, keine Klamotten im Schrank. Schirmer rief die Spusi an.

Als die eintrafen, fuhren sie auf die Hulb, zum Puschkin, die
4150 Weiber, ein Hühnerhaufen, Angstschreie, keine Spur von den Bossen. Sie befragten einen Security.

„Wo ist Krakow?"

„Der ist in Moskau, soweit ich weiß."

„Smirnoff?"

„Keine Ahnung, wo der steckt."

Die Cops durchsuchten den Laden, im Büro ein leerer Tresor, keine Akten. War eine Ratte in der Polizei Behörde? Ein Spitzel? Ein Verräter?

Fritz Bauer sagte: „Jemand hat uns verpfiffen, das ist eine
4160 ernste Sache."

„Ich lege für meine Leute die Hand ins Feuer.", maulte Schirmer.

„Alles umsonst, schiefgelaufen. Die haben Dreck am Stecken.", meinte Luc Bosch.

„Wenn die flüchten, sind die Russen mit hoher Wahrscheinlichkeit die Täter.", meinte Fritz.

„Die haben Killer.", raunte Luc. „Profis. Die machen das nicht selbst. Die machen sich die Hände nicht schmutzig."

„Wer weiß, alles ist möglich. Eine Tat aus dem Affekt."

„Glaube ich nicht, das war geplant."

„Ja das stimmt, plötzlich, liegen die Nerven blank, und die steigern sich hinein, und es kommt zum Gemetzel."

„Das passiert bei Psychopathen."

„Sicherheitsstufe bei Tor erhöhen."

„Gute Idee, er könnte der nächste sein, der dran glauben muss."

Sie zogen sich zurück, Ausflug beendet, Schirmer klingelte den JVA Direktor von Stammheim an, sicher war sicher. Dauerüberwachung. Es gab genug Halunken im Gefängnis, die zu einem Mord fähig waren. Das zum geflügelten Wort wurde durch die RAF, den Stammheim Prozess, der heiße deutsche Herbst.

Gise rief Jason an, Mike war geflüchtet aus der Klapse, er hatte Ausgang und war nicht zurückgekehrt. Mann, oh Mann, er war nicht der Kindergarten Onkel. Oder Beichtvater. Wenn er Geld hätte, wurde er auswanden, Jason Mueller ermittelt in Toronto. Träume sind Schäume.

Die Vernissage auf Hochtouren, Jason Mueller, der Künstler, sogar Schirmer war unter den Gästen, die Explosion war gewaltig, Glas splitterte, ein Feuerstrahl, ein Anschlag, mehrere Schwerverletzte, die Glücklichen waren draußen,

Sanitäter kamen, Notärzte, Polizisten, das SEK, Fritz Bauer und Luc Bosch erschienen auf der Bühne.

„Verdammt und zugenäht.“, raunte Schirmer, wischte das Blut von seinem Gesicht, Jason verrückte seine schwarze Augenklappe. Er hatte eine Flasche Chivas gerettet, er kippte den Alkohol in sich hinein. Keine Toten. Das war die gute Nachricht. War Rambo unterwegs?

Feuerwehrleute und Spusi durchsuchten den Raum, er litt an Amnesie, und einem Hörsturz, Jason, was hatte er gestern
4200 gemacht? Ihm fiel nichts an? Geburtstag? Erste Freundin?

Nichts, Nada, Nebel.

Er sah sich um, dachte, die anderen sind Gespenster, ein Arzt setze ihm eine Spritze, ab zur Neurologie, Kathrinen Spital, angeschlossen an Geräte, er sah grüne Männchen, müde schlief er ein, träumte von Tahiti, Paul Gauguin, der einen Akt malte, eine kaffeebraune Schönheit, mit Tattoos, letzthin hatte er Vincent, den Film gesehen, in der Provence, Süd Frankreich, Streit mit Paul und einer Dirne, der Maler schnitt sein Ohr ab, William Dafoe spielte Van Gogh, sehenswert, Julian
4210 Schnabel führte Regie, auch ein Maler, Driping Bilder Stil, Tropfen, Linien, Farbe, weißer Untergrund.

Fritz Bauer und Luc Busch fuhren nach Calw, über Böblingen, Aidlingen, mit Pflaster im Gesicht. In der Kaserne Carlos Blanc, der Unsichtbare, schwer zu durchstehen. Ein Offizier vom militärischen Abschirmdienst saß dabei, MAD.

„Es gibt noch mehr Soldaten, die im White Race Klub sind. Der neue Anschlag ist militärisch geführt worden, die Situation ist brandgefährlich, wir müssen zu Ergebnissen kommen, der Generalbundesanwalt ist stinksauer.“

4220 Carlos, du hast nichts gehört von einem Angriff, einer geplanten Attacke."

„Nein, ich denke, das ist innerhalb der Kameradschaft eine unabhängige operierende Elite Truppe."

„Das musst du herausfinden."

„Mein Budget ist nicht hoch, um weitere Leute zu kaufen, meine Informanten haben nichts davon erwähnt."

„Du musst mit deinem Abteilungsleiter reden. Das ist dringend. Und deine Hobby Agenten rannehmen, ausquetschen."

„Um das zu knacken brauche ich einen Haufen Kohle."

4230 „Wir haben keine Zeit, die Uhr steht auf fünf nach Zwölf."

„Gut, ich fahre nach Stuttgart."

„Nimm deinen Obermacker mit zum VFB Spielen im Heimspiel gegen Wehen Wiesbaden. Nächste Woche, Freitag."

„Gute Idee. Ja, der VFB hat heute in Bielefeld 0:1 gewonnen. Ich besorge VIP Karten."

Rückzug, Fahrt nach Stuttgart, Jason war auferstanden von den Toden. Das Spiel war noch nicht beendet, bitte nicht ins Abseits laufen, man sagte, Jason sei ein guter Verteidiger, hartnäckig, zäh, knallhart. Der King der Grätsche, andere 4240 sagten, er sei Buddhist, ein Freidenker, und zu sensibel, er nehme die Fälle zu persönlich, da er nach Gerechtigkeit fragte, aber war jedes Urteil der Gerichte gerecht?

Er sei fähig, den Rächer zu spielen, der für Gerechtigkeit sorgt. Schiller musst auspacken, oder sterben. Er kaufte in der Uni Hegel Zwei in der Cafeteria einen Croissant, Butter, Marmelade und Kaffee. Das Sneaker war für die Seele. Was würde passieren? Eine Dummheit?

Frau Professor Breuninger saß mit einem Mann am Tisch. Ihre Vorlesung begann um sechzehn Uhr, sie verschwand. Eine
4250 schlanke attraktive Frau, stets, lächelnd. Der katholische Professor von der Uni Würzburg stand am Lift. Seine Lippen waren dünn, wie mit dem Lineal und Bleistift gezogen.

„Kommen Sie zum Seminar Heidegger Sein und Zeit?"

„Ich bin zu beschäftigt. Nach der Bombenattacke. Vielleicht nächste Woche."

Er traf Saleh.

„Ich brauche eine nicht registrierte Waffe."

„Eine Jungfrau. Darf ich fragen, was du vorhast?"

„Du darfst in keiner Weise mit dem Ding in Berührung kommen."

4260 Sie gingen hinaus.

„Was hast du gehört?", fragte Jason.

„Geschichte der Philosophie, ein langweiliger Professor. Etwas trocken der Stoff und nicht tiefgründig genug."

„Du musst selbst graben. Du kriegst hier nur Informationen, der Rest liegt an dir. Und Naomi?"

„Drüben Architektur."

Jason ging hinaus, Richtung Schloss Platz, am Böhm und Wittwer vorbei. Breuninger. Heusteig Viertel. Er fuhr zum Präsidium.

Im Präsidium böse Nachrichten, Fritz Bauer war sauer.

4270 „Roger Weber wird aus der Haft entlassen.“, warf Fritz ein. „Wir haben keine Beweise, dass er an einer Tat direkt beteiligt war.

„Fall geschlossen.“, sagte Jason.

„Vorläufig.“

„Hat Carlos Blanc niemand in diese Nazi Bande eingeschleust?“ fragte Schirmer, mit ernster Mimik. Falten an den Augen und auf der Stirn. Jahresränder, wie bei Bäumen.

„Nein, er spielt mit gezinkten Karten.“, meinte Fritz, hustend. Er nahm sein Asthmaspray zur Hand, zwei Hube.

4280 „Wann kann ich anfangen, Chef?“, fragte Jason.

„Du bist noch krankgeschrieben, gerade vom Hospital entlassen.“

„Was ist mit Ulf Schiller.“

„Verlegt in die Psychatrie, Geschlossene.“

„Wo?“

„Das ist geheim, wage bloß nicht, da wieder herumzubalgen.“

„Er muss seine gerechte Strafe bekommen.“

„Geh in den Keller, schau den Aktenberg ungelöste Fälle an. Kauf dir einen großen Flat Screen TV und lege dich ins Bett.“

4290 „Ich gehe noch nicht in Rente, ich mache auch Grave Yard Schicht."

„Was ist das?"

„Die Friedhof Schicht, Nachtdienst, Kriminal Dauerdienst."

„Kommt nicht in Frage. Du gefährdest diese Leute, deine Partner, höre auf, auf eigene Faust zu ermitteln."

„Ich muss nach Karlsruhe". , raunte Fritz Bauer.

„Generalbundesanwalt?", fragte Schirmer.

„Ja, uns gelingt keinen Agent, einen Informanten einzuschleusen."

4300 „Alle verhaften."

„Dazu müsste Ulf Schiller auspacken. Wir brauchen Namen. Auch im Hinblick auf den Jungen."

„Der ist tot, ich habe da keine Illusionen, Leute."

Jason ging zum Büro von Franz Kirsch. Der Kaffee ansetzte, Filter, Pulver, Old School, dann goss er seine Kakteen Sammlung, fehlte der Kanarienvogel. Und Zwerge.

„Jason, du lebst noch."

„Wie du siehst."

Franz schenkte zwei Kaffee ein, gab Jason einen Becher, um die

4310 Lebensgeister zu wecken. Er verrückte seine Brille, blinzelte, spitzte die Lippen.

„Was kann ich für dich tun?"

Jason sah einen Raben auf dem Fenstersims, war nachdenklich,

„Ich brauche die vollständige Akten, Im Fall Kölbl und White Race."

„Mann, das sind zehn Kartons."

„Die vom BKA fahren in das schöne Baden."

„Wie soll ich das alles kopieren?"

„Abends, wenn die Bude verödet ist."

4320 „Alleine?"

„Ich schick dir zwei Leute."

„Du hast die doch eingesehen."

„Den Anfang, das vom BKA nicht."

„Also nur BKA."

„Genau."

„Das geht."

„Okay, bringe die Schoße zu meiner Wohnung. Für dich koche ich Leber Berliner Art."

„Kochen kannst du. Welcher Teufel reitet dich?"

4330 „Gerechtigkeit."

„Bedeutet, du steigerst dich rein."

„Nein, ich bin ganz cool. Ich werde Fellbach Lämmler Trollinger besorgen und Cohiba Zigarren, Robusto."

„Und dann machst du das Kaminfeuer an."

„Genau."

„Mann, kiff nicht so viel. Das verträgt sich nicht mit den Tabletten."

„Mache ich."

„Du bist nicht Schimanski, Kleiner. Pass auf dich auf."

4340 Sie tranken schweigend ihren Kaffee, wischten ihre Lippen ab. Franz ging in die Kantine, Jason eierte nachhause, im Jaguar. Am nächsten Tag schaute er Sky, Dortmund gegen Bremen, die Old Spice Werbung war cool, mit dem Mann, der umgedreht auf einem Pferd reitet, Jason isolierte sich, duschte nicht, trennte sich von Naomi und Saleh, er rasierte sich nicht mehr, sein Haar wucherte, wuchs wie Grashalme, jeden Tag wühlte er im Himalaya Aktenberg, den er von Franz Kirsch erhalten hatte. Er mied Kontakte wie Gise und Heidi.

14

4350 Morgens erwachte er mit Kopfschmerzen, ihm war schlecht, kündigte sich eine Migräne Attacke an?

Sein Zimmer war tapeziert mit Tatort Fotos, Akten Notizen, einer Landkarte, mit roten Miro Tupfen der Orte, wo Verbrechen stattfanden, oder Razzien, Durchsuchungen, Tote gefunden wurden, das war ein Kunstwerk.

Jason steckte in einem Denkprozess, Nietzsche: „Ein tiefgründiger Mensch fühlt sich wie ein Komödiant und muss erst die Oberfläche bearbeiten.“ Während Jason handlungslos war, fuhr Moshe Friedman von Vaihingen nach Calw Hirsau, er

4360 folgte Carlos Blanc, dem Verfassung Schutz Cowboy, der hielt auf dem Parkplatz der Landesklinik, wartete, ein VW Touran kam, acht Kerle stiegen aus, sie gingen in den Wald, Moshe folgte ihnen, er dachte an Anti Christ von Friedrich Nietzche, das waren Mörder, unchristlich, trotz der Taufe, der Kommunion oder Konfirmation. Trotz der Zehn Gebote: „Du sollst nicht töten, falsch Zeugnis reden, wieder deinem Nächsten.“ Moshe hatte Philosophie studiert:

Christentum war für Nietzsche, infolge seiner moralisch motivierten Weltverneinung, "die gefährlichste und

4370 unheimlichste Form aller möglichen Formen eines Willens zum Untergang - ein Zeichen tiefster Erkrankung, Müdigkeit, Missmutigkeit, Erschöpfung und Verarmung an Leben." Hart, scharf, so war der Denker, in der Phase, geprägt von einem

Pfarrhaushalt. Der zweite Weltkrieg, und Hiroshima bestätigte diese Vorahnung.

Er musste sich konzentrieren, der Thriller nahm seinen Lauf. Es war ein Tag Ende September, der Himmel grau suppig, was Regen verhieß. Er trug einen blauen Anzug, mit Einstecktuch, eine weißes offenes Hemd, die Laune gut, Nazis zu jagen.
4380 Bewaffnet, mit Magnum und Utzi.

Er fotografierte, und zog sich zurück, die waren in der Überzahl. Sie trugen zivile Klamotten. Was heckte Carlos Blanc aus?

Moshe fuhr zur Kaserne, er ging in das Backstein Gebäude, der Kompanie Chef war nicht erfreut über die Fotos, an der Wand ein Porträt von Walter Steinmaier, die Flagge mit dem Adler, eine qualmende Zigarre auf dem Ascher.

„Ich benötige die Namen der Gruppe, Major."

„Das ist ein Picknick. Der Grill qualmt auf diesem Foto,
4390 Mister Friedman."

„Gut, ich bekomme das trotzdem raus, Officer. Good Bye."

Moshe war wütend, er ging zum Auto, Reise nach Stuttgart. Jason war überrascht, als es klingelte und Moshe vor der Tür stand. Moshe hatte Donats und Kaffee besorgt.

„Ich benötige Verstärkung, um ein Nest auszuheben, die Götzendämmerung beginnt."

„Um wen dreht es sich?"

„Nazi Soldaten."

„Das ist Sache vom BKA. Und LKA."

4400 „Ich werde sie auslöschen."

„Fuck. Das ist nicht der wilde Westen, wo du die Straße säubern kannst mit einem Revolver. Das musst du der Justiz überlassen."

„Sie haben Roger Weber freigelassen."

„Du musst ihn überführen, Beweise sammeln. In dem Fall bin ich dabei."

„Great. Hast du eine Waffe?"

„Nein, ich will keine."

„Wenn du ein Wolf bist, wirst du nicht zur friedlichen Ziege.

4410 Du wirst immer der Wolf bleiben. Wir müssen morgen zum Baumarkt."

„Für was?"

„Material für Bomben zu besorgen."

„Das ist nicht Nam."

„Napalmbomben sind einfach herzustellen."

„Hat die Agency dir das beigebracht?"

„Kill or die, Buddy. Wenn du ein Haus betrittst. Hab immer den Finger am Abzug. Das ist die Regel. Und Ersatzmagazine dabei. Das ist die Einsamkeit des Cowboys im Duell, wer schneller die
4420 Knarre zieht, gewinnt. Die Kunst des Töten. Mach immer vorher eine Skizze der Umgebung. Wege abmessen, Meter, Strecke des Ziel, der Kugel, ein Windmesser brauchst du, der Wind kann einen Einfluss haben, wickle die Patronen mit Papier ein, so hinterlassen sie keine Spuren im Gewehr. Ein präzises Zielfernrohr ist wichtig, Ziel beobachten, alles beachten, im richtigen Moment schießen. Wir brauchen Funkgeräte, Kopfhörer mit Mikrophon. Tarnanzüge."

„Und schutzsichere Westen?"

„Die hole ich in den Patch Barracks."

4430 „Du hast was vor."

„Coldblood, Bruder. Kühler Kopf, Eiswürfel im Blut, das alles ist nichts gegen die Golan Höhen. Oder den sieben Tag Krieg."

Er betrachte das Buch auf dem Schreibtisch Genealogie der Moral von Nietzsche, er nahm es in der Hand, blätterte Seiten um.

„Philosoph?"

„Gasthörer Uni Stuttgart, philosophische Fakultät. Seit fünf Jahren."

„Nietzsche war kein gelernter Philosoph, er hat Philologie
4440 studiert, sein Professor empfahl ihn weiter, sodass er eine
Stelle an der Uni Basel kam, und Philosophie lehrte."

„Die guten sind Sonderlinge."

„Du auch?"

„Ja, ich passe nicht rein."

„Wo?"

„Bei der Polizei."

„Puta, Madre."

„Ich habe Bock auf eine Currywurst, mit Pommes, rot, weiß."

„Lets go. Hermano."

4450 Sie gingen in die Innenstadt, zu Udos Imbiss. Calwer Straße.
Ein kurzer Spaziergang. Lecker. Moshe nahm einen Hamburger.
Beiden Fritten. Die Story war besiegelt, der Endkampf stand
bevor. Keiner ahnte, wie es ausgehen würde. Passierte die
Auslöschung? Ein Hollywood Happy End? Ein gnadenloses
Kommando? War es möglich, das Spiel zu gewinnen?

Es begann zu regnen, eine Sturm kam auf, mit orkanartigen
Geschwindigkeiten, die Party war vorbei, sie trennten sich,
Jason ging zum Kunst Museum, las die FAZ und trank einen Gin
Tonic. Moshe traute er alles zu. Verdammt, er musste sich

4460 abseilen, wie beim Bund. Tricksen, um aus der Nummer herauszukommen. Er war nicht Jesse James.

Karlsruhe. Generalstaatsanwalt. Fritz Bauer hörte sich die Standpauke von Kurt Vaals an, der die Ermittlungen leitete, ein geräumiges Büro, braun glänzende Mobiliar, Chefsessel, er verrückte das Bild seiner Familie auf dem Schreibtisch.

„Sie hatten keine handfeste Beweise gegen Roger Weber."

„Stimmt, ich dachte, er packt aus."

„Und die andren Täter?"

„Adi Hirmer hatte keinen Einfluss in der Gruppe, es gibt eine

4470 abgeschottete Band, nicht mehr als zehn Mitglieder. Eine Art Elite Nazi White Race Einheit. Die Rocker sind wie alle Rocker, etwas verwegen. Sie haben mit den Attacken nichts zu tun. Geld wurde beschafft, mit Überfällen auf Tankstellen. Die Entführung hat zwar das Ergebnis gebracht, dass wir den Täter Ulf Schiller verhaften konnten. Er war nicht vernehmungsfähig, verletzt, angeschossen. Jetzt ist er in der Geschlossenen Psychatrie."

„Danke für den Lagebericht. Was ist mit dem Jungen?"

„Ich nehme an, dass er tot ist."

4480 „Gut, noch zwei Beamte werden ich beauftragen, den Entführungsfall zu übernehmen. Sie konzentrieren sich auf die Terroristen."

„Gut, ich fahre zurück."

„Schönen Tag."

Fritz Bauer und Luc Bosch gingen hinaus, durchatmen, der machte Druck. Vor dem Gebäude rauchte Fritz eine. Danach Reise nach Stuttgart, in Pforzheim hielten sie, an der Autobahn Raststätte, Bock auf bürgerliche Küche, es gab ungarischen Gulasch mit Semmelknödel. Zwei Pils dazu. Siebzehn Uhr waren
4490 sie in Stuttgart im Präsidium. Und stöberte in Akten herum.

Crack tauchte auf, in Stuttgart, und Belushis, Heroin & Kokain, gemischt, genannt nach dem Schauspieler John Belushi, Movie „Blues Brother", der durch eine Überdosis starb, der Junkie war kalt, Jason betrachtete ihn, zu spät, er fand einen Speed Ball in der Hosentasche, selbe, wie Belushi Kicks, ein Teufelsgemisch, Tod auf Raten, ein Schuss zu viel, und die Party war gelaufen, einmal daneben geraten?

„Wer einmal aus Blechnapf frisst", ein toller Roman von Hans Fallada, der ein großer Autor und Trinker war, etwas
4500 unterschätzt von der Kritik. Ein Kumpel tauchte auf, in abgewetzten Klamotten, schmieriger Parka, Marke Kick, mager von den Drogen, er hielt das Assi Oettingen Bier in der Hand.

„Kennst du ihn?"

„Er kam vor kurzen aus dem Knast, Forensik Calw Hirsau."

„Wie heißt er?"

„Rudi Assauer."

Er schwieg.

„Chef, das war Mord."

„Wieso?"

4510 „Die mischen da was rein?"

„Was?"

„Ich hörte Rattengift. Oder Zyankali."

„Wer hat das erzählt?"

„Im Brunnenwirt saßen ein paar Typen zusammen, einer in BW Uniform, ein Kampfanzug. Sie lachten und klopften Sprüche über das Ding."

„Was für ein Ding?"

„Alter, das Gift. Kapier es doch, die haben was gegen Penner, Junkie und die Romas, die hier herumschweben."

4520 „Und Juden und Moslems."

„Ja, so schaut es aus."

„Wie sah der Typ aus."

„Roter Wuschelkopf. Durchtrainiert, graue tote Augen. Er starrte mich. Dann bin ich Leine gezogen, weil er aufstand, mich am Kragen packte, sagte, zisch ab, Penner."

„Okay, morgen zehn Uhr Polizei Revier. Ich benötige eine genau Beschreibung."

„Hast du was?"

„Stoff?"

4530 „Zwei Euro für einen Kaffee."

Jason gab ihm eine fünf Euro Note.

„Danke, Chef. Danke."

„Kauf dir keinen Schnaps."

„Eine Brezel und ein Kaffee."

Er bog um die Ecke, bei der Leonards Kirche, Richtung Unterführung. Er hinkte.

Jason ging am nächsten Tag aufs Revier, der Kerl war pünktlich. Er sah grau im Gesicht aus, vom Kiffen, Crystal Meth, die Zähne waren schwarz. Sie gingen zum Zeichner. Ein
4540 Haufen Routine Arbeit, bald war die Skizze, mit dem Computer angefertigt. Jason und der Junkie trennten sich, verloren sich aus den Augen. Die König Straße war noch ruhig, Jason ging nachhause. Fuck, Moshe Friedman wartete, er nahm ihn mit hinein, er trug einen grauen Anzug, eine schwarze Schlägermütze, unrasiert, fern der Heimat. Jason zog zwei Kaffee vom Vollautomat. Tchibo, Kolumbien Brand, sie setzen sich. Er zeigte ihm das Bild des Verdächtigen.

„Nach meiner Info vergiften die Leute. Junkies, Penner, Moslems."

4550 „Gut, ein Anhaltspunkt."

„Er hat rote Haare."

„Noch besser, guter Kaffee. Besser wie Starbucks."

„Ich muss noch die Akte des Toten besorgen."

„Dein Boss wird abblocken."

„Der Laborbericht ist die einzige Wahrheit über den Fall, ob er tatsächlich vergiftet wurde."

„Wie heißt er?"

„Rudi Assauer."

„Hast Vitamin B?"

4560 „Klar, Franz Kirsch, ein Kollege von mir."

„Gut, rufe mich an. Er kann von einer anderen Kaserne wie Graf Zeppelin in Calw Fresberg sein."

„Das ist möglich."

„Gibt es hier Vorort eine?"

„Ja, Theodor Heuss Kaserne. Heilbronner Straße."

„Der vom MAD war von dort. Jetzt erinnere ich mich."

Moshe ging los, Jason klebte die Zeichnung an die Wand. Er rief Franz Kirsch wegen der Akte Assauer an. Franz kam mittags am Freitag nach dem Feiertag Deutsche Einheit. Es schüttete,
4570 Wind hustete über der Stadt. Herbsttage. Die Temperaturen waren noch milde.

Sie tranken je einen Williams Christ und Espressos.

„Das BKA hat Verstärkung bekommen."

„Echt?"

„Zwei neue Beamte. Die einen konzentrieren sich auf die Attacker, die anderen auf den Fall Kölbl."

„Ich hoffe, der Junge lebt noch."

„Bist du weitergekommen? Du siehst abgekämpft aus."

„Die Psyche spielt mir einen Streich, Muchacho."

4580 „Spiel mir das Lied vom Tod."

„Hängt ihn höher, mit Clint Eastwood."

„Rio Bravo war auch nicht schlecht."

„Habe mir gestern Abend „No Country for old Man" angesehen. Klasse Thriller. Mit Tommy Lee Jones als Sheriff. Ich leihe dir den Streifen aus."

„Gegen wen spielt der VFB?"

„Wehen Wiesbaden."

Er ging zum Fernseher, holte die DVD aus dem Schacht, gab diese Franz, der sich freute. Er steckte die ein, umarmte
4590 Jason und rannte hinaus, auf Siebenmeilen Stiefeln. Barca gewann gegen Inter Mailand zwei eins, Schirmer klingelte durch, per Handy. Jason nahm sein Phone in die Hand, legte es am Ohr an. Antanzen zum Rapport, hole Fury aus dem Stall, den Jaguar, er fuhr zum Präsidium. Schirmer hinter dem Schreibtisch, saugend an seinem Schnuller, die E-Zigarette. Minze Geschmack. Er hustete.

„Kleiner, was kungelst du mit Franz aus?"

„Nichts. Wir unterhalten uns über den VFB."

„Wann gehst du zum Friseur, mal Haare schneiden lassen,
4600 rasieren. Einschäumen das Gesicht, dann Old Spice."

„Ich steig aus, Chef."

„Bist du verrückt, Die Pension sausen lassen, willst du das?"

„Ja, hab kein Bock mehr."

„Du, ich will mit dem Schiff eine Amazonas Reise machen."

„Okay, Boss, was habe ich damit zu tun?"

„Du hast die Moneten von den Gangstern bekommen."

„Schon verbraucht."

„Dann steckst du tief in der Scheiße."

„Kacke hoch sechs."

4610 „Was hast du Neues zu berichten, das will das BKA wissen."

„Nothing new, Herr Schirmer."

„Du kommst mir vor, wie ein einsamer Cowboy in den Western Filmen."

„Der Rindertrieb geht von Läremie nach Chicago."

„Verarsch mich nicht. Wenn du Ermittlungen behinderst, bist du im Bau."

„Naja, das Leben ist ein Gefängnis, man muss immer etwas anderes tun, als man will."

„Du liest zu viel Bücher."

4620 „Das sagte mein Vater schon."

„Gut, ich gebe dir Bedenkzeit. Lege deine Infos auf den Tisch."

„Sorry, ich muss zur Therapie."

Er verließ das Büro, das Gebäude, stieg in seinen Karren, reiste zurück, zum Heusteig Viertel. Eine Stunde später stand das BKA auf der Matte. Als es klingelte, nahm die das Porträt von der Wand. Er öffnete, sie schauten auf die Zettel.

„Jason, die Rede ist von einem Fall, der den Staat gefährdet."

„Ich bin ein einfacher, Cop."

4630 Fritz Bauer musterte ihn.

„Du kannst nicht gegen den Staat ankämpfen."

„Ich bin krankgeschrieben. Und ruhe mich aus."

„Und deine Freunde?"

„Wir haben uns getrennt. Da läuft nichts."

„Besser für dich."

„Kaffee?"

„Nein, wir müssen zum MAD, Theodor Heuss Kaserne."

„Okay, machts gut."

„Machs besser."

4640 Sie zischten ab, Gott sei Dank, Jason wärmte Maultaschen auf, er dachte an die Leberspätzle seiner Mutter, früher war es nicht besser, aber anders, am Abend ging er in die Boa Disco, alte Zeiten aufwärmen, gut war auch die Bhagwan Disco, Osho, dort spielten seine Jünger der Rattenfänger von Hammel, und beeinflussten Leute, um Mitglied in ihrer Sekte zu werden, die Musik war klasse, die Räumlichkeit, er erinnerte sich nur an die Tanzfläche, die vielen tanzenden Solo Frauen.

Jason bemerkte, dass er überwacht wurde, er durfte Schirmer nicht trauen.

4650 „Bei dir ist die Zeit stehen geblieben."

„Warum?"

„Du siehst aus wie ein Hippie, mit dem John Lennon Parka."

„Sehe ich anders rum, Fremder der Nacht."

„Gut, ich mag Hippies."

Jason ging auf den Tanzboden, tanzte allein. Start me up, von den Rolling Stones. Er ging danach, im Gerber Viertel, bemerkte er wieder seinen Schatten, er drückte sich in einen Eingang bei Sophies Brauhaus, holte die Magnum raus, steckte ein Magazin rein.

4660 „Buddy, wieso folgst du mir?"

„Die Russen wollen ihr Geld zurück."

„Wie heißt du?"

„Serge Romanow."

„Am besten, du sagst, du hast mich nicht gefunden. Ich wäre verschwunden. Ich will dir keine Kugel verpassen. Wo steckt Krakow?"

„Er kommt und geht, der Boden ist ihm zu heißt."

Er zog eine kleine Wodka Flasche aus der Sakko Tasche, trank einen gehörigen Schluck, wischte den Mund um.

4670 „Ich bin dein Totengräber."

„Nastrowje, Serge."

„Du kannst dich nicht vor denen verstecken."

„Mal sehen, was ich kann, ich kann Krakow auch umnieten."

„Dann wird es noch schlimmer."

„Zeig mir deinen Pass."

Er gab den Jason, nachdem er das Papier aus der Brieftasche genommen hatte.

„Aua, du hast kein Visa. Du bist illegal hier."

„Mach kein Scheiß."

4680 „Ich kann die Bullen anrufen."

„Mann, das ist keine große Affäre, es gibt viele Illegale in der Stadt."

„Das ist das Problem."

Jason holte das Handy an, rief die Cops an, Fuck, er passte einen Moment nicht auf, der Bruder der Russen Bruderschaft schlug ihm die Pistole aus der Hand und rannte los, Jason hob die Waffe auf, folgte ihm, er ging zur S-Bahn, Rotebühl Platz, er verschwand in einer Bahn, Jason war zu langsam, er konnte nur dem fahrenden Zug zuschauen. Richtung Herrenberg. Er

4690 wartete, dauerte, so viel Züge fuhren um die Zeit nicht. Hatte es einen Sinn, ihm zu folgen?

Er ging mit der Rolltreppe hoch, paffte im Freien eine. Scheiße, er hatte ihn nicht fotografiert, der Fehler liegt im

Detail. Er war nicht in Form. Wenn er dem an den Arsch ging, dann brauchte er sein Auto. Der fuhr nach BB, um im „Puschkin" dem Boss, oder Capo zu berichten. Scheiß Mafia. Die Geschichte war brutal gefährlich. Die Russen hatten ihn auf dem Kicker. Er musste mit Moshe reden, der einzige Alliierte im Bund. Der sah nicht gefährlich aus, war sympathisch, locker

4700 vom Hocker, Jason, du kannst dir die Finger verbrennen.

Am nächsten Tag fuhr zu zur Theodor Heuss Kaserne, observieren, das BKA Team fuhr hinein, den Rothaarigen zu finden, war wie Stecknadel im Heuhaufen suchen, ein Labyrinth, er hatte die Zeichnung dabei, er konnte Soldaten befragen, die herauskamen, der Junge ging ihm nicht aus dem Kopf, das war eine Last auf den Schultern,

4710

Ende Fin de Partie

Offenbarung Schiller

Wegen dem Geld Schirmer will eine Amazonas Reise machen Später Thema erneut aufgreifen

Schwamm drüber, nur du und ich wissen das

Geld Internetpoker ausgegeben

Schirmer: Du kannst wieder anfangen, das Gutachten ist in Ordnung. Welche Abteilung? Im Keller Ungeklärte Fälle. Was,
4720 Cold Case Shit. Ja, tut mir leid, für Außen Einsätze reichte es nicht.

Willy Cohn Bild

Die Nacht der langen Messer

Letztes Kapital Die Offenbarung

Später Schiller lag in Hohen Asperg im Gefängnis Krankenhaus,

Hang Man Toro nur verhaftet

Wird später getötet

, Gise neue Show „Flaschendrehen"

4730 Anna Heidi Rolf Schiller Joey

Das verschwundene Team

Labor im Schwarzwald

Moshe Friedman

Franz Kirsch Schirmer

Fritz Bauer Luc Bosch

Crackhaus

15

16

4740 17

18

19

20

Personen

Hans Hahn Kunstmaler

Rolf Hiller

Joey Grün

Lefty Montanas griechischer Wirt

Roger Weber Leutnant

4750 Luc Bosch BKA

Fritz Bauer BKA

Gise TV Journalistin

Mike ihr Sohn

Ronja Dumas

Frau Rita Schober

Adi Hirmer Nazi Kameradschaft

Willy Cohn Bild Zeitung

Bill Ami

Dany Rose sein Boss

4760 Serge Krakow Russe

Igor Smirnoff sein Boss

Dr. Tina Motz

Carlos Blanc Verfassungsschutz

Moshe Friedman

Egon Stadelheim Rocker Grand Master Klan

Wolfgang Beck, KH Braun, Johnny Tiefenbach Ku Kux Klan

Familie Hasenauer Rolf und Elvira

Saleh Assistent von Jason

Naomi Assistentin von Jason

4770 Jason Mueller beurlaubte Hauptkommissar

Schirmer Polizeipräsident

Ulf Schiller der Entführer & Killer

Kölbl Bankier Sohn entführt

Frau Kölbl

Rudy Kölbl Entführungsopfer

Rabbi Maier

Franz Kirsch Hauptkommissar

Mendez Kartell

Pippo Basten sein Capo

4780

Cold Case Der Batman Killer Hirnsuppe & Blut Ein Jason Mueller Krimi

1

Jason Mueller duschte, zog seinen besten Boss Anzug an, black is Beauty, Parfüm von Joop, schwarze Krawatte, Sonnenbrille, gescheitelt, dann raus ins Freie, ihn wurmte es, als er das
4790 Präsidium kam, in seinem Büro im Keller fühlte er sich verloren, Abteilung Ungeklärte Fälle, im Bullshit Castle, eine enge Bude, sollte er bis zur Pension hierbleiben?

Schirmer hatte ihn abgeschoben. Er öffnete ein Akte. Der Batman Killer, der als die Comic Figur kostümiert auftrat, wenn er Frauen im Schlosspark tötete. Ein Serien Killer. Kein Blut, kein DNA, nichts an den Tatorten gefunden, was auf den Täter verweisen könnte, da dauerte drei Jahre, ab da hielt er still. Jason fing Feuer. Er nahm die Papiere mit, fuhr zum Schlosspark, parkte in der Tiefgarage, unter dem Hotel, raus,
4800 die Tatorte hatte er in der Übersicht markiert, mit Gelb, Yellow Cake & Napalm Express hieß seine Band, sie probten Mittwochs immer, achtzehn Uhr, Garage Rock, eigene Songs und alte Rock Hits standen auf dem Programm, wie „Let it be", von den Beatles, dreimal im Jahr traten sie auf, in Kneipen, Festen, Klubs, das war ausbaufähig, momentan hatte er keine Zeit, naja, ein Groupie würde ihm reinlaufen, Sex Sales, Pornos mochte er nicht, Wix Vorlagen, ein Soldat kam. Er stieg aus.

„High, Kollege."

4810 „Hallo."

Er zeigte ihm den Wisch.

„Kennst du ihn?"

„Kommt mir bekannt vor."

„Hast du einen Namen?"

„Ernst ist das."

„Nachnamen?"

„Kenn ich nicht, ich sehe öfters in der Kantine."

„Gut, kannst du gegen zwölf Uhr morgen Mittag rauskommen, dann gehe ich mit dir zum Essen."

4820 „Geht klar, wenn du eine Flasche Jack Daniels mitbringst."

„Mach ich."

„Ade."

Er ging weiter, den Gehweg entlang, der Treffer war reiner Zufall. Der Kampf der Giganten, Moshe gegen den Rothaarigen konnte beginnen. Wieder ein Verfolger im Auto, vor seiner Wohnung, ein Bulle, er schob den Vorhang zur Seite, es wurde spannend, erst die Russen, jetzt die Kripo, ein Tag später fuhr er zur Kaserne, kurz vor Zwölf, der Typ holte ihn ab, er gab ihm die Whisky Flasche, ein paar Schritte zur Kantine, im
4830 Raum für Unteroffiziere und Feldwebel saß der Klient, Jason fotografierte heimlich mit dem unauffälligen Handy, er hatte ihn im Kasten, er ging, nun war die Jagd erleichtert, den Namen würde er rausfinden, Rotkäppchen kam heraus, Jason klebte an seinem Hintern, wie eine Zecke, er hielt am Charlotten Platz, im Gerichtsviertel, vor dem alten US Konsulat, er ging weiter zu Fuß, Jason ließ nicht locker, er ging in den Viva Sauna Klub. Ein schwuler Nazi, absurd, sie wollten die Welt säubern, waren gegen Diversity, Buntheit, naja, jeder nach seiner Façon, er ging rein, dockte an, trank
4840 einen Gin Tonic, ein Typ gab ihm einen weißen Bademantel, rein in die Sauna, schwitzen, Jason war nah am Objekt, näher ging es nicht, die redeten über Banalitäten, Sex Dating im Homo Bereich, Leder Shit, I feel fine, I drink my Wine, to Shine. Jason ging hinaus, duschte, wartete unten. Als er kam, sprach er ihn an.

„Kripo Stuttgart."

„Wie? Schimanski?"

„Sam Spade.

„Was? Sam? Wie?"

4850 „Machen wir es kurz, Meister. Sie stehen unter Verdacht."

„Wegen was?"

„Gift Mischungen in Drogen."

„Quatsch."

„Nun, das BKA sucht sie."

„Damit habe ich nichts zu tun."

„Okay, wir sehen uns wieder."

Er lachte und haute ab, überquerte die Straße, Jason wollte ihn provozieren, er musste mit Moshe reden, Schirmer konnte ihm den Buckel runterrutschen. Er ging zum Brunnenwirt,
4860 verdrückte einen Schweinebraten, mit Spätzle aus dem Päckle, gemischter Salat, den würde er schnappen. Diese Rassisten., die die AFD unterwanderten, Step by Step, die alten Sprüche: „Hart wie Kruppstahl, flink, wie ein Windhund, zäh, wie Leder."

Zuhause öffnete er eine Flasche Westbridge Merlot, ein Top Wein aus Kalifornien, den St. Emilion Grand Cru rührte er nicht an, den öffnete er, wenn Lulu kam. Von Speeddating, ihre Nachricht war gestern angekommen, sie tauschten sich im Chat aus, am Freitag, heute, spielte der VFB gegen Wehen Wiesbaden,
4870 im Neckarstadion, heute genannt Daimler Stadion, seine Erinnerung arbeite daran, mit seinem Vater war Udo Argentinien gegen Italien schauen, 1:1, ein WM Spiel, 1974, sechzigtausend Zuschauer, die Tore schossen Housman & Perfumo, die Karten

hatte er von den stolzen Südamerikaner bekommen, die Gauchos wohnten im Holiday Inn, Sifi damals, wo sein Bruder Udo als Koch arbeitete, sie waren mit dem Essen nicht zufrieden, flogen einen Chef ein, die Fußballer wollten Grill Fleisch, wie von Mama gekocht, gelobt sei, was hart macht, sie trainierten im Floschenstadion, in Sindelfingen, Udo war im
4880 alten VW Käfer mit dem Torwart Carnevale und einem anderen Spieler heimlich unterwegs, in der Disco Vidoc auf dem Goldberg, Hotel Berlin, sie hatten keinen Ausgang, sie schleppten Frauen ab, gut aussehende Machos, Tango de Futball, Episoden, Udo war tot, Krebs, verdrängen, Moshe tauchte auf. Sie tranken Ramazotti & Espresso, das Itacker Gedeck. Der Altersunterschied der Brüder lag bei zehn Jahren. Konzentrier dich.

Jason zeigte ihm die Fotos von dem Rothaarigen, Moshe war begeistert, euphorisch.

4890 „Den werden wir ich triezen, Jason. Gehörig. Hast du die Info an den BKA weitergegeben?"

„Nein, noch nicht."

„Wenn du das zurück hälst, machst du dich strafbar."

„Verdammte Justiz, sie haben Roger Weber freigelassen."

„Den hole ich mir auch."

„Richte kein Blutbad an."

„Morgen mach ich nichts, es ist Schabbat."

„Meinst du mit Triezen Foltern?"

„Ich will ein Geständnis herausholen, dann übergebe ich beide
4900 an den BKA."

„Dir sitzt die Knarre ziemlich locker."

„Ich verteidigte mich. Notwehr, Bad Boy. "

Jason grinste.

"Lügen haben kurze Beine. Ist das mein Deckname?"

"Ja. Falls wir Funk benutzen."

„Und deiner, wie lautet der?"

„Goldfinger."

„James Bond Bösewicht. Gerd Fröbe."

„Genau."

4910 „Hast du vom Mossad einen Schießbefehl?"

„Darüber darf ich nicht reden. Ich melde mich."

Er rauschte ab, wie vom Blitz getroffen, Jason hielt Zwiesprache, es hieß Jason spiele Vabanque, im gewissen Sinn den Rächer, den schwarzen Ritter, eine Art Robin Hood der Justiz, die anderen sagten, wenn er keine Frau fände, ging er unter, er holte den Bartschneider raus, kürzte seinen Bart, zum Goatie, und das Haupthaar verschwand, mehr oder weniger Skin Head Stil, er zog den Kampfanzug an, Ready to Go, Rambo Fünf, B-Picture, Action, loslegen mit Flammenwerfer und MG. Im
4920 Dschungel der Stadt.

Er probierte einen Belushi, das war Mist, wenn er auf Drogen blieb, der gute Kripo Beamte hatte sich in ein Biest verwandelt, er war auf Abwegen, am Abend klingelte Lulu, die blonde Schönheit, sie trug schwarze Lederklamotten, er kochte, Hühnerbrust gefüllt mit Krebsen, Ingwer, Chili, Koriandergrün, geil, er öffnete den Bordeaux, später ging es in die Koje, in jedem Triller kamen Sex Szenen vor, als sie auf ihn stieg, um auf ihm zu reiten, zog sie ein Messer, als er kam, blöde Kuh, er wehrte die Klinge ab mit der rechten Hand, er blutete, wie

4930 ein Schwein auf der Schlachtbank, er warf sie herunter, packte sie.

„Wer ist dein Aufraggeben?"

„Sie töten mich, wenn ich rede."

„Bist du eine Russin?"

„Nein, ich stamme von Kiew."

„Krakow?"

Sie nickte, diese Tiere, ein Leben war ihnen nichts wert, Jason warf ihre Kleidung vor die Tür, schob sie hinaus, ging zum Bad, verband seine Griffel, der Tag des Herrn, Glück
4940 gehabt, das Bettzeug blutig, zog er ab. Bestimmt würde Moshe am Montag zuschlagen, sonntags hatte die meisten Soldaten frei. Er warf die Waschmaschine im Bad an, Meister Propper lässt grüßen, der Bordeaux schmeckte geil, er legte die DVD Traffic ein, der an der Grenze Mexiko USA spielt, Drogen, Frauen, Töten, mit Michael Douglas, Dennis Quaid, er war müde, pennte auf dem Sofa ein.

Montag Großkampftag, die Scharniere der Waffen geschmiert, sie überwachten Rotkäppchen, Theodor Heuss Kaserne, Roger Weber war in der Zeppelin Kaserne, noch, vielleicht wurde er
4950 versetzt, wenn der MAD gut arbeitete, verlor er den Job, bisher hatte die BW nichts gegen rechtslastige Soldaten unternommen, das ärgerte Moshe, gegen siebzehn Uhr kam er, das Objekt, er fuhr zum SWR, dort um die Ecke wohnte er, das Ziel war erkannte, sie konnten sich Zeit lassen. Moshe fuhr Jason zum Heusteig Viertel, das kam dem Kripo Beamten komisch vor, wollte der Agent etwas auf eigene Faust unternehmen?

Vielleicht war es besser so für Jason. Das Schicksal nahm seinen Lauf. Rotkäppchen, ein Tag später, lag tot in seiner

Wohnung. Fritz Bauer und Luc Bosch waren am Tatort, Schirmer,
4960 Spusi, Arzt, Fotograf.

„Ein Schuss in die Stirn.", referierte Fritz.

„Die haben Krieg untereinander.", erwiderte Luc.

„War ein Profi Killer."

„Die sind an Waffen ausgebildet.", warf Schirmer ein. Sein E-Zigarette dampfte, lichterloh, Wolken stiegen auf.

„Jemand spielt den Richter.", meinte Fritz.

„Sie hatten Angst, dass er singt.", entgegnete Luc.

„Sie wurden von euch in die Enge getrieben.", raunte Schirmer, der hustete.

4970 „E-Zigaretten sind gefährlich, in den USA sind welche gestorben."

„Ach, an etwas stirbst du, so oder so."

Das war eine lakonische Aussage, ein paar Stunden hielten sie sich in dem Apartment auf. Als Jason davon hörte, rief er Moshe an.

„Nein, ich war nicht dort, Bad Boy. Das waren Kollegen von dem Rothaarigen. Ich lass mir nichts anhängen. Mein Plan war, sie zu verhören und ein Geständnis wegen der Synagoge Attacke herauszupressen."

4980 „Was ist mit Roger Weber?"

„Wir halten erstmal die Füße still, Kleiner."

„Okay, bis dann."

Ein Fingerdruck und Gespräche waren beendet, Jason hatte seine Zweifel, was wahr war oder nicht. Fritz Bauer, Luc Bosch klingelten. Er ließ sie herein. Sie zeigte ihm das Foto vom Mordopfer.

„Kennst du ihn?", fragte Fritz.

„Nein."

„Ziehst du in den Krieg?"

4990 „Nein, ich gehe Jagen."

„Auf was?"

„Ich treffe kein Scheunentor."

„Dir muss man die Würmer aus der Nase ziehen."

„Faktisch bin ich nicht mehr bei der Bullerei."

„Gut, denke darüber nach, rufe mich an."

„Es gibt nichts zu sagen."

„Rache wegen Schirmer?"

„Nein, Befreiung von allen Übeln. Ich kann kein Blut sehen, mich hats erwischt, ich bin verstrahlt. Der Trachtenverein

5000 läuft ohne mich sehr gut. Ihr seid ja Super Cops."

Sie verließen die Wohnung, Jason war stur, er schadete damit sich selbst. Wieder Klingeln. Es war Bill Samson, ein CIA Agent. Jason war erstaunt, als er das hörte.

„Ich untersuche den Fall Bill Hedda."

„Damit hatte ich nichts zu tun, Mister."

„Kannten Sie ihn?"

„Ja, er war mit dem Mexikaner Kartell von Mendez im Bund."

„Ja, das war sein Auftrag. Wie starb er?"

„Ich kenne die Details nicht."

5010 „Der Tatort?"

„Tiefgarage Schlossgarten Hotel."

„Können Sie Akten besorgen?"

„Nein, wenden Sie sich an Schirmer, der Chef der Polizei, oder Franz Kirsch, der war befasst mit dem Fall."

„Ich bin ein No Go. Sozusagen ein Frührentner, Sir."

„Gut, danke fürs Erste."

Er ging hinaus, Jason war Gott froh, diese fucking Besucher, einer nach dem anderen war hereingestürmt, wie Kampfschwimmer, Einzelkämpfer, er hatte nichts zu sagen, für ihn war das alles
5020 beerdigt. Er öffnete nicht als Saleh bimmelte. Scheiße. Er ließ sich in nichts mehr hineinziehen.

Moshe holte Roger Weber von den Beinen, der wohnte in Calw, die Hermann Hesse Stadt, beim Kaufland, früh klingelte der Agent, Weber öffnete, Moshe mit der Magnum in der Hand gab ihm einen Stoß, Weber flog in den Flur der Wohnung, Moshe hielt ihm die Spritze an die Stirn.

„So, Roger, heute ist dein Gerichtstag."

„Sie schon wieder."

„Wer sind die Attacker?"

5030 „Das ist eine Gruppe, in der ich nicht bin, sagte ich schon."

„Kennst du Namen?"

„Nein."

„Steh auf, los ins Wohnzimmer."

Roger setzte sich in einen Sessel, Moshe zeigte ihm die Fotos vom Wald, als er die beobachtete, die Burschen, die grillten.

„Das ist Jonas Fritz."

„Und?"

„Ich kenne nur ihn. Sorry."

„Ist er in der Spezial Einheit?"

5040 „Er war. Er ist krank. Er ist in der Landesklinik, Abteilung, 5b, lassen Sie mich jetzt in Ruhe?"

„Wenn das nicht stimmt, köpfe ich dich, mit der Guillotine."

Moshe ging hinaus, setzte sich in den Imbiss vom Kaufland, am besten, er ließ sich einweisen, erzählte von einer Story vom Pferd, suizidale Gedanken, er höre Stimmen, das war tauglich, psychotische Verirrungen im Kopf, er hatte Freud gelesen. Moshe war klug, er nahm ein Hotelzimmer, in Calw Hirsau, Hotel „Kloster Hirsau", das war nicht weit, bis zum Spital, erstmal nachdenken. Er musste sich das Gelenk aufritzen, das gehörte 5050 zum Schauspiel dazu. Die vom Hotel hätten ihn hergeschickt. Und Bla-Bla, Gaukelei hoch sechs, den Blasebalg aufpumpen, nicht einknicken.

Der Arzt war umgänglich.

„Nun, erzählen Sie mal."

„Ich wollte mich umbringen."

Moshe zeigte sein Gelenk.

„Und hören Sie Stimmen?"

„Ja, Krankenkasse?"

„Das zahlt meine Firma."

5060 „Wer?"

„Der Staat Israel. Sie können die Botschaft anrufen. Saul Goodman."

Klar, Moshe hatte die informiert.

„Das mach ich später. Sie kommen in 5b, eine Auffangstation, später werden Sie in eine offene Station verlegt, vermutlich die Drei.“

Er telefonierte, ein Pfleger holte Moshe ab, er war in der Höhle des Löwen, sie zeigten ihm sein Zimmer, zwei Betten, Moshe ging ins Raucherzimmer, steckte eine Kippe an, Roger
5070 Fritz kam herein. Sie waren zu viert. Sie plauderten. Fritz ging an einer Krücke, er drehte eine Zigarette. Eine Frau war von Böblingen, ein anderer, ein Alkoholiker aus der Nähe, der Nächste stammte aus Calw, auch Alkie, Greta auch, sie erzählten freimütig, Fritz erzählte von Einsätzen in Mali, Afghanistan und Panama, er hatte neben psychischen Probleme, eine schwere Nervenkrankheit, eine Funktionsstörung des Gehirns, Taubheitsgefühle, Lähmungen.

„Ich war auch in Afghanistan, in Kabul.“, erzählte Moshe.

„Für wen?“

5080 „Die USA. An der Botschaft. Wurde heiß, als der Taliban Bomben zündete.“

„Der ewige Krieg.“

„Ja, leider wird es auf der Welt nicht besser, gerade brennt es im Jemen und Libyen.“

„Was war dein Job?“

„Papierkram.“

„Ich war im Einsatz im Gebirge. Das war tough. An der Grenze zu Pakistan. Hindukusch.“

„Bin Laden?“

5090 „Nein, ein Taliban Nest ausheben, mit den Amis zusammen. Keine Schulreise. Es krachte ordentlich. Zwei Verletzte. Mit dem Hubschrauber abgesetzt.“

„Ob Nam schlimmer war?"

„Denke schon, durch Napalm, Agent Orange, Entlaubung des Dschungels."

„Und Hiroshima."

„Ja, Barbarei. Die werden Bin Laden zum Märtyrer erklären."

„Der Heilige Saudi. Er stammte aus einer reichen Familie, glaube, Bauunternehmen unter anderem. Sein Bruder trat an
5100 seine Stelle, er ist inzwischen tot."

„Ein Teufel weniger."

Er drückte die Zigarette aus, ging hinaus. Moshe lächelte, innerlich, er widmete sich Greta und den anderen. Sie war ein dunkler Typ, ein Lächeln klebte an ihren Lippen.

„Ich habe zwei Kids."

„Und was machst du hier?"

„Der Alkohol. Ich bekomme hier Distras."

„Kenn ich, ich habe beim Militär gesoffen, wie ein Loch."

„Ich war gestern sturzbesoffen, in einer Kneipe, habe Stunk
5110 angefangen, dass die Bullen mich hierherbrachten.", sagte Andre, ein kleiner untersetzte Typ. Er lebte in Calw.

„Habe ich auch gemacht.", sagte Robert, der auf eine IT Schule ging.

„Ich war manisch, wie die Sau.", warf Peter ein, der in der Nähe von Bruchsal wohnte.

Billy, der Ami schwieg, er hatte MS, zwei Durchschüsse an der Wange, vom Einsatz, er war früher bei der Calwer Spezial Einheit. Er stützte sich mit einem Stock. Im Medi Zimmer Tabletten Ausgabe. Moshe schluckte die bunten Pillen nicht,

5120 ging hinaus auf die Toilette, spuckte sie aus, in der Nacht packte er Fritz am Kragen in seinem Zimmer schleppte ihn zum Isolierzimmer, gab ihm eine Injektion, Haldol, verhörte ihn, mit Aufnahme gerät und filmte ihn, mit dem Cam Coder.

„Name?"

„Roger Fritz."

„Geburtstag?"

„18.05.85."

„Wohnort?"

„Calw."

5130 „Geboren?"

„Freudenstadt."

„Warst du mit in Stuttgart, als die Attacke auf die Synagoge stattfand?"

„Ja, ich führte die Elite Truppe an."

„Wer hat die Bombe gebaut?"

„Ein BW Ingenieur."

„Name?"

„Werner Maier."

„Standort?"

5140 „Geilenkirchen."

„Namen der anderen schreibst du auf das Papier."

Er gab ihm Stift und ein Zettel. Er kritzelte.

„Danke."

Moshe ging hinaus, nachts war die Abteilung geschlossen, er ging zum Nachtdienst.

„Ich muss an die frische Luft.“

„Nicht länger als zwanzig Minuten.“

Der Pfleger öffnete die Pforte, Moshe stieg in den Lift, der rauschte nach unten, surrend, rauf zum Parkplatz, er stieg in

5150 sein Auto, raste von dannen, Richtung Stuttgart.

Kein Verkehr, er brauchte sechzig Minuten, klingelte bei Jason an der Tür, der öffnete. Sie ging ins Wohnzimmer.

„Das ist der Film, mit dem ich den Täter aufnahm.“

„Welcher war es?“

„Roger Fritz, der Anführer. Auf dem Wisch sind die einzelnen Namen, auf dem Band sein Geständnis, das reicht für eine Anklage.“

„Und was soll ich damit anfangen?“

„Gebe es den BKA Beamten.“

5160 „Kaffee?“

„Nein, ich fahre nach Zürich, fliege zurück, in die Heimat.“

Er verschwand, das war eine Überraschung, gegen Mittag rief er Fritz Bauer an. Sie kamen schnell. Jason gab ihnen die Beweise.

„Vom wem ist das?“

„War in einem Umschlag im Briefkasten.“

„Ein Verräter.“, sagte Luc Bosch.

„Nun, damit ist der Fall gelöst, bis auf die Entführung.“

Sie machten sich auf den Weg, zum Präsidium. Jetzt fehlte noch
5170 der junge Kölbl. War Schiller in der Psychatrie in Cannstatt?
War sein Namen in der Klinik gelistet?

Jason fuhr los, über die Neckar Straße. Schiller zu knacken war eine schwierige Aufgabe. Der Geistesblitz, sich selbst als Arzt tarnen . Er parkte, ging hinein, reiste mit dem Lift runter, unten das Wäschelager, er zog die Mediziner Kleidung an, wieder rauf, an der Anmeldung bekam er keine Antwort. Vielleicht waren Cops in der Nähe des Entführers, er ging Schritt für Schritt vorwärts, er suchte die Geschlossene, 6 A, da waren Bullen auf dem Flur. Er klingelte.

5180 „Dr. Martin Walser."

Der Summer tönte, die Tür sprang auf, der Gang in den Garten Eden, er trabte an den Polizisten vorbei, ohne Probleme, sie waren eingenickt, dösten, war ein langweiliger Job. Schiller war ans Bett gefesselt, er schüttelte ihn. Er sah ihn an, mit weit aufgerissenen Augen.

„Doktor, die Stimmen quälen mich, obwohl ich Gott um Verzeigung bat."

„Was haben Sie getan?"

„Udo entführt. Und festgehalten. Ich behandelte ihn gut, meine
5190 Weiber kümmerten sich um ihn. Gute Frauen, Doc."

„Und wo ist Udo jetzt?"

„Im Teutoburger Wald."

„Was?"

„In der Nebelhöhle."

„Wo ist das?"

„Im Schönbuch, Nähe Rohrau. Beim alten Jägerhaus."

„Okay, dankc."

„Geben Sie mir eine Spritze, ich will sterben."

Jason ging, ein Polizist starrte ihn an, sagte nichts, er ging
5200 zum Auto, fuhr raus, über Vaihingen, Böblingen, Gärtringen, zum Rohrauer Sportplatz, dann in den Wald hinein, zu Fuß, er fand das nicht auf Anhieb, dies war keine bekannte Höhle, endlich, er räumte die Steine und das Holz zur Seite, der Junge lebte, er öffnete die Fesseln, mit dem Schnappmesser, Old School, nahm ihn bei der Hand, gab ihm Wasser, er, erschöpft, ausgemergelt, müde, ein Glück, dass er noch lebte. Jason reiste zurück, fuhr in Stuttgart zur Villa der Eltern, die Mutter war da. Sie umarmte Udo, küsste ihn, erregt.

Jason zog weiter, er rief Schirmer an, der bat ihn zu kommen,
5210 sodass Jason zum Präsidium fuhr. Schirmer sah auf.

„Wie schaust du aus, bist du unter die Ärzte gegangen?"

„Nein, ich hatte Doktor Sex mit einer Lady in Krankenschwester Uniform."

„Geiler Bock."

„Wie hast du das geschafft?"

„Ich bekam einen anonymen Anruf."

„Einer der Frauen?"

„Ja, die Stimme war weiblich, Chef."

„Du bist der beste, Junge. Du kannst wieder anfangen, das
5220 Gutachten ist positiv."

„Wo? Welche Abteilung?"

„Eingestellte Ermittlungen."

„Was? Cold Case Department?"

„Da schiebst du eine ruhige Kugel."

„Mann, ich will in die Zielfahndung."

„Am ersten fängst du an, dann sehen wir weiter. Ich lasse dich nicht im Stich."

Jason war erschüttert, er war kein alter Mann, er fuhr zum Heusteig Viertel, ging ins Bix, soff einige Gin Tonic, der 5230 Saxophonist, der Schwarze, Rocky Montana war geil, begleitet von Bass und Drums. Er ging danach ins Schiller, zur Ghana Lady, sie war wieder da, sie nahm ihn mit auf ihr Zimmer. Ne heiße Nacht begann. Er zahlte hundert Euro, so konnte er bis zum Frühstück bleiben, Sex de Luxe, seine Stimmung stieg, dann würde er eben Akten hin- und herschieben, wie ein Finanzbeamter. Was soll der Geiz.

Fin de Partie

Printed in Poland
by Amazon Fulfillment
Poland Sp. z o.o., Wrocław

63187130R00120